YPORT ÉPIQUE

&

FÉCAMP GOUROU

À Annie,

Céline

Ève,

Pierre qui sous l'eau chasse

ROBERT VINCENT

YPORT ÉPIQUE
&
FECAMP GOUROU

BoD

Du Panache!

À DEUX PLUMES

Édition : BoD – Books on Demand,
12/14 rond-point des Champs-Élysées, 75008 Paris
www.bod.fr
Impression : BoD - Books on Demand, Norderstedt, Allemagne
ISBN: 978-2-32217-961-9
Dépôt légal : Avril 2021

« Maître, comment faites-vous pour atteindre de tels abysses d'introspection ? Vous prenez les bouteilles ou vous y allez en apnée ? »

Andrea Camilleri, *Le ali della sfinge*[1]

1. Sellerio editore, Palermo, 2006. Phrase traduite par l'auteur du présent roman. Édition en français : *Les Ailes du sphinx*, trad. de Serge Quadruppani, Fleuve noir, 2010.

Avertissements

1

Ce roman est la version révisée d'*Yport épique ou plongée policière en eaux troubles*, paru en 2008 aux éditions C. Corlet, désormais épuisé.

2

Les évènements et les personnages de cette nouvelle édition restent imaginaires. Toute ressemblance avec des personnes réelles, vivantes ou mortes, ne saurait être que fortuite.

En plongeant dans sa lecture, ami·e·s lecteurs et lectrices, vous embarquez dans une pure fiction.

1

Deux mains lèvent l'aube

Chaque année, l'abbé Sébastien Lecornuc s'octroyait une pause contemplative au seuil de la descente sur la plage avant de procéder aux bénédictions de la mer en sa paroisse d'Yport. Il savourait le tableau du jour comme on consulte une carte de restaurant, toutes papilles oculaires émoustillées.

Cette matinée-là, les trois quarts de l'espace présentaient des ciels compliqués qui hésitaient entre orage estival et grande éclaircie. Une masse sombre venant d'Étretat contrastait avec l'azur immaculé côté fécampois. En face, un soleil serti dans une traîne de cumulonimbus éclairait par de larges faisceaux verticaux une mer bleu vert. Une kyrielle de navires mêlés à des planches à voile s'ébattaient en dessous, au gré des courants ou avec des manœuvres circulaires devant un dragueur de mines chamarré de fanions rouges et jaunes pour l'occasion.

– Aujourd'hui, c'est ciel de création... dit l'abbé.

Il se souvenait des images pieuses qu'on lui distribuait quand il était enfant, où un Jésus mortifié regardait, nez en l'air, des ciels de rideaux lumineux, icônes naïves à l'origine de sa vocation. Ses contemplations artistiques s'étaient considérablement affinées depuis.

Le prêtre avala une grande rasade d'air salin avec un soupir qui fit s'élever une croix de bois sur son aube crème. Lecornuc était transporté autant par ce souvenir que par ce parfum de mer annonciateur d'encornets à la normande servis après la cérémonie à l'*Auberge des fonds plats* de Gonerville[2]. Mais un nouveau soupir, plus fort que le premier, fit s'élever l'étole sur ses épaules. Au regard inquiet du bedeau répondit un rictus de l'abbé que l'autre interpréta comme rassurant. À leur droite, un peintre du dimanche barbouillait le paysage sur sa toile dans un style fauve en des tons orangés de fin du monde nucléaire zébrés d'éclairs argentés.

Le cortège avait traversé tout le village par la rue Alfred-Nunès depuis l'église qu'il avait quittée après la messe. Les cloches avaient sonné à toute volée. Les ex-voto en formes de navires miniatures s'étaient balancés au-dessus de la foule, sous les drapeaux tricolores des médaillés des dernières guerres. En tête, Lecornuc avait porté sa croix, balancée de droite à gauche pour chasser, en plus des mouches d'orage, les galopins et les chiens qui couraient autour de lui. Puis, là, devant la mer il avait médité un peu, un peu las aussi.

– Allons-y ! lança-t-il soudain de sa voix puissante, au timbre de basse profonde qui avait dispensé l'église du bourg d'une amplification.

M. le curé s'engagea donc sur la rampe de ciment, plongea dans les galets, suivi de près par le bedeau puis par un groupe bigarré, anciens combattants portant les couleurs, élus de la commune et du département endimanchés, résidents, touristes en tenues estivales fluorescentes et « horsains » que les festivités traditionnelles amusaient. Au milieu de la procession, d'anciens marins pêcheurs se reconnaissaient à leurs casquettes bleu foncé. Un journaliste un peu maladroit de l'hebdomadaire local virevolta autour d'eux, les photographia sous tous les angles possibles, glissa à reculons sur les galets, fit choir le chevalet d'un peintre et finit copieusement enguirlandé.

---

2. Clin d'œil à la regrettée *Auberge des Vieux plats* de Gonneville-la-Mallet.

À l'injonction tonitruante du prêtre, on descendit vers la mer au-dessus d'estivants qui s'apprêtaient au bain dominical. La plupart étaient indifférents à la procession, trop affairés à cacher leur nudité derrière de grandes serviettes flottant à la brise lourde de cette matinée d'août. Un doris tout fleuri, *La Déchirante*, attendait le curé et une partie de sa suite, la proue échouée sur la grève, retenu du ressac par deux pêcheurs. Une statuette de la Sainte Vierge, maladroitement amarrée au bois de la proue, gîtait vers bâbord. La main du prêtre l'effleura discrètement au passage pour la redresser.

Sébastien Lecornuc, soixante-dix ans, avait une santé de séminariste. Sans même attendre l'assistance de l'un des matelots en faction près du doris, il lança prestement sa jambe par-dessus la coque et découvrit dans la manœuvre une chaussette rouge incongrue chez un simple curé de campagne. Puis il passa à l'intérieur avec l'agilité d'un habitué qui pouvait forcer l'admiration si l'on ignorait son enfance bretonne initiée à la pêche au canot. Il alla s'asseoir au milieu de l'embarcation et se retrouva encadré par deux faux mâts enrubannés de fleurs artificielles, partant en V, reliés par une guirlande de même composition qui vint caresser la chevelure argentée du prêtre. Stoïque, le regard porté avec mélancolie sur la falaise d'amont au-dessous de laquelle se massait une foule, l'abbé attendait que ses deux assistants parvinssent à atteindre le banc. Les spectateurs exposés au plein soleil tachaient de points multicolores le pied de falaise, entre deux coulées sanguines d'éboulements.

« L'impressionnisme, c'est que du barbouillage pour les ploucs... », se dit Lecornuc. Puis il détourna son regard vers la proue du canot.

Fulgence Fèvre, le bedeau, un gros petit homme craintif, quasi muet mais la bouche sans cesse ouverte découvrant une

9

dent unique, alla péniblement s'affaler sur le banc à ses côtés. Un enfant de chœur déposa à leurs pieds la couronne de bénédiction ainsi qu'un petit coffret métallique avant de se monter lui-même à bord par une rapide voltige. Le garçon se recroquevilla sans dignité au fond de la barque. Le regard foudroyant de l'abbé se posa un instant sur le gamin qui, n'y voyant que du feu, ne rectifia pas sa position. Trois représentants de la commune vinrent se tasser en face de ceux de l'Église, leur tournant le dos. Un ancien pêcheur prit la barre, l'autre s'installa à la proue. L'excédent de cortège resta sur la grève. On poussa le doris à l'eau.

Un haut-parleur crachouilla un commentaire rendu presque inaudible par le vrombissement du moteur. Balancé par un léger roulis, l'embarcation se dirigeait vers les bateaux qui attendaient en face de la plage qu'on les bénît. Le bedeau blêmissait, l'enfant de chœur claquait des dents. Les autres invités souriaient béatement comme des touristes. Une flaque d'eau croupissante allait et venait mollement au fond du canot. Lecornuc avait les yeux fermés, la tête un peu en arrière, les mains jointes entre ses cuisses.

« ...ecornuc...rocéder...aintenant... énédiction... flottille... »

Des bribes du commentaire parvenaient encore jusqu'à eux quand l'embarcation croisa devant le premier bateau, un petit voilier dont les propriétaires parisiens, en vareuses rouges ou jaunes, attendaient en famille, au garde-à-vous, la grâce de Dieu. L'enfant de chœur bougea de son refuge, ouvrit le coffret d'où il sortit un goupillon d'argent que Lecornuc saisit. L'abbé se leva et procéda à la cérémonie. On vira ensuite de bord pour atteindre les bateaux suivants. Le prêtre agita ainsi son goupillon face à une dizaine de navires.

Enfin ce fut le passage devant le *Béni-oui-oui*, un doris outrageusement chamarré, qui déclencha huées et applaudissements sur la plage, comme tous les ans. Le curé d'Yport ne sourit pas, peut-être par lassitude. Il avait pourtant le sens de l'humour, même de répétition. Puis on passa devant une magnifique caïque restaurée[3], aux voiles pourpres claquant furieusement au vent. À l'arrière du navire, entre le tape-cul et la grand-voile, un individu de grande taille en tenue de plongée le fixait du regard. Sa combinaison affichait sur la poitrine un logo que le prêtre reconnut immédiatement. Son visage aux traits graves et figés disparut bientôt de la vue du curé, derrière la toile sombre. Lecornuc balança son goupillon, la tête dans les épaules. Puis une légère embardée du doris le fit vaciller un instant. Il se retint à son bedeau. Les falaises au loin basculèrent d'un même mouvement. L'enfant de chœur se tapit de nouveau au fond de la barque.

« ...ecornuc ...aintenant ...mage aux marins ...isparus ... mer... prières... »

L'embarcation passa ensuite en face du dragueur de la marine nationale qui le salua d'un coup de corne. L'adolescent rangea alors le goupillon et donna au prêtre la couronne bénie à l'église. De la sono venaient des débris de cantiques. Un marin piqua de la cloche sur la corvette. Il était midi. Le barreur se retourna et leur hurla un « Bon appétit ! ».

Lecornuc se leva, fit un signe de croix et, l'aube flottant au vent, lança la couronne à l'eau, comme pour si elle lui avait brûlé les mains. Il sentit alors une vive douleur au creux du dos, sous les cotes. Il se rassit lourdement.

– Rentrons, je ne me sens pas très bien, confia-t-il à son assistant.

---

3. caïque : bateau de pêche à voile traditionnel des côtes du Pays de Caux, plus anciennement appelé clinque ou clinquart.

Le bedeau s'agita pour prévenir le barreur. Les invités en face se retournèrent avec inquiétude. On mit le cap sur la plage que le doris rejoignit rapidement. L'embarcation s'échoua lourdement sous la falaise d'aval, face à des vacanciers intrigués.

Au moment de quitter le doris, il fallut aider l'abbé à débarquer. Lecornuc grimaçait de douleur, une mèche de cheveux gris collée à son front, plus à cause de la sueur que des embruns. Davantage d'estivants et de curieux rassemblés pour la cérémonie occupaient maintenant la plage. Plusieurs se levèrent quand ils virent s'avancer ce nouveau cortège à l'allure de débâcle. En tête, le curé s'appuyait d'un côté sur son bedeau qui soufflait autant que lui. De l'autre, l'enfant de chœur le soutenait de ses deux mains. On aurait dit que le garçon craignait d'être écrasé sous la haute carrure de l'abbé. Il pleurait, le regard égaré, marmonnant des paroles inintelligibles. Suivaient les invités du canot, tout contrits, les mains croisées, têtes baissées. Les deux marins couraient au poste de secours.

Le haut-parleur diffusait maintenant le programme d'une radio régionale. C'est au son d'un tube électronique aux paroles absurdes que Lecornuc gravit quelques mètres de la plage jusqu'à un premier arrêt avant une vague de galets. Il se redressa, mais la douleur se fit alors plus intense. Il manqua s'écrouler. Le bedeau le retint, l'enfant de chœur glissa. Un adjoint vint les soutenir. Il ôta sa main de l'aube du prêtre. Sa paume était maculée de sang. Il avait senti une sorte de pointe au contact.

– Colique néphrétique... balbutia Lecornuc.

L'adjoint eut une moue dubitative, montrant aux autres sa main ensanglantée. Ils reprirent leur douloureuse progression après cette première station. L'abbé Lecornuc se sentait maintenant comme enrobé d'une gangue de boue ou de craie humide. Il suait. Ses pas collaient aux galets. Il se crut un instant inclus dans l'une des toiles du chemin de croix de l'église, sombres et à la pâte épaisse. Il s'arrêta de nouveau, reprit sa respiration et avança encore de quelques pas. Mais il fit bientôt un autre arrêt pour s'affaisser sur les genoux, puis il dut s'allonger doucement sur le côté, à peine retenu par les bras qui le soutenaient.

Son escorte s'affola. On s'agenouilla près de lui, on lui toucha le crâne d'une caresse apaisante, l'appelant doucement, mais le prêtre ne répondait pas. L'enfant de chœur restait debout, totalement hébété au-dessus de son curé allongé. On comprenait mieux les paroles du gamin : « Putain ! Putain ! Putain !.. » L'abbé sentait la douce chaleur des galets sur sa joue. En face de lui, une Vénus des plages était assise, seins nus. Elle se passait de la crème solaire sur le bras et avait figé son geste en voyant ce ministre du culte s'étaler ainsi de tout son long à portée de main. Son champ de vision réduit par l'agonie, le curé ne percevait plus que la jeune femme. Elle lui semblait nimbée d'un halo de lumière d'où sa blondeur rayonnait. Son visage paraissait joli. Lecornuc n'entendit pas le rire gêné et stupide de la belle. Il lui parla dans un souffle d'agonie.

– Grâce !... Grâce !

Ce furent les dernières paroles de Sébastien Lecornuc. Ensuite, tout disparut parmi un assemblage kaléidoscopique de galets et de paillettes qu'il eut juste le temps de trouver esthétiquement à son goût.

– Putain ! Putain ! Putain ! persévérait l'enfant de chœur.

La jeune femme considéra tour à tour les visages autour d'elles avec l'inclination de tête délicate d'une Vierge de

13

Botticelli. Elle rejeta en arrière de longues mèches blondes torsadées par l'humidité du bain puis elle s'adressa au malotru :

– Dis donc, mon garçon, surveille ton langage... Quelle éducation ! Ça, un enfant de chœur ?

Elle se drapa alors, olympienne, dans une grande serviette imprimée de luxe qui ne devait pas être une contrefaçon italienne.

Un homme avait écarté les badauds, les tenant à distance, bras en croix.

– Faites place, s'il vous plaît ! Les secours arrivent.

Celui qui venait de prendre d'autorité la scène en main était le jeune lieutenant de police Victor Étrela, du Havre, venu passer ce dimanche en famille à Yport. Son teint était presque aussi pâle que l'aube du curé : les mois d'été, le policier ne quittait pas le Central, préférant poser des congés en septembre. Derrière lui s'avançait prudemment un homme d'âge plus mûr, assez grand, un panama vissé sur des cheveux roux, lunettes fumées, chemise à manches longues, pantalon clair tombant sur des sandales en plastique. Le commandant Faidherbe se protégeait du soleil comme des mauvaises surprises : en plus d'avoir une peau de roux, il était en convalescence[4]. Il n'avait pas encore bien vu l'homme blessé. C'était la jolie femme blonde qu'il regardait, complètement fasciné.

Un médecin s'approcha. L'enfant de chœur le croisa. Il s'éloignait rapidement vers le village en chantant sa litanie des prostituées, semblant fuir avec horreur la scène du drame. L'examen médical fut rapide : l'abbé Lecornuc venait de faire le grand plongeon vers le Ciel.

Tout en restant un pas en retrait, Georges Faidherbe tapota le bras de son subordonné et lui désigna sans un mot le

4. cf. *La Main noire*, éditions Ravet-Anceau, 2013.

le dos du curé. Sur le vêtement sacerdotal que sa position avait plaqué contre son corps, l'auréole rougeâtre s'était élargie et en tachait maintenant tout le milieu. L'aube s'était relevée dans sa chute molle, jusqu'à mi-cuisses, et du sang s'écoulait sur les galets.

Victor Étrela s'accroupit à côté du médecin pour examiner de près le malheureux. De ses deux mains, le docteur souleva alors délicatement plus haut un pan de l'aube, révélant la plaie. Au milieu d'une couronne sanglante, comme fiché au plein cœur d'une cible, une tige métallique d'une dizaine de centimètres émergeait. Au bout, on distinguait une accroche pour un filin. Étrela se releva. Il s'épongea le front d'un revers de main et souffla à son voisin :

– J'ai bien l'impression que ce prêtre s'est fait harponner, patron...

Georges Faidherbe ôta ses lunettes, regarda son lieutenant d'un air consterné et répondit, les dents serrées :

– Nom de Dieu !

2

Flèche, tongs et vidéo

Première sortie de convalescence, et déjà un mort sur les bras ! Façon de parler, le cadavre gisant au niveau d'une paire de squelettes[5] neufs dont le plastique lui cisaillait la peau des pieds. Et pas n'importe quel cadavre : celui d'un curé dans l'exercice de son ministère. Le commandant soupira. Il relevait à peine d'un infarctus, sortait enfin de l'isolement et de sa solitude de quinquagénaire célibataire, s'octroyait une petite journée de plage à l'invitation d'Étrela et son épouse et voilà qu'il était rattrapé par sa fonction. Le policier prit une inspiration et jaugea la situation. Garder son calme, ménager son cœur.

Derrière la barrière consternée que formaient les trois représentants de la municipalité et le badaud, des curieux s'agglutinaient encore. Au-delà, une sorte d'*ola* soulevait les estivants sur la plage au fur et à mesure que la nouvelle leur parvenait. Puis, comme ça ne bougeait pas du côté où était tombé l'abbé, chaque vague se rasseyait ou retournait à ses jeux.

Le docteur Éliphas Rouvray, le premier à s'être spontanément précipité était un petit vacancier au corps musculeux, râblé, très velu, au crâne couvert d'une toison brune, dense et raide qui avançait en triangle bas sur le front. Le bonhomme aurait fait penser à un oursin s'il n'avait eu deux yeux ronds, noirs, vifs et brillants le rapprochant plutôt du hérisson. En short de bain et tongs jaunes, le médecin restait agenouillé, interdit, masquant de son corps la blessure mortelle. Il n'osait pas bouger, sans doute piteux de rester, ainsi poilu et dévêtu, de-

5. squelettes : sandales de plage dites aussi méduses.

vant un patient pour lequel il ne pouvait déjà plus rien. Avec une artère sectionnée par la flèche du harpon, l'hémorragie interne avait emporté le pêcheur d'âmes. Le docteur levait la tête, cherchant des yeux quel autre témoin du drame prendrait son relais.

Lâchement, Faidherbe, encore sidéré, évita le regard du médecin puis lança à son subordonné :

– Étrela, fonce au micro et demande à tous ceux qui ont filmé la cérémonie de s'inscrire au bar-tabac de la plage. Dans le lot, deux ou trois auront peut-être enregistré quelque chose d'intéressant !

Le lieutenant Étrela détala aussi vite qu'il put, coudes au corps, tête baissée, tongs dérapantes, les talons meurtris par les galets roulants.

Georges Faidherbe se tourna ensuite vers les personnes qui entouraient Lecornuc.

– Messieurs, je suis le commissaire Faidherbe du Havre, dit-il, répugnant à utiliser son grade de commandant, auquel il n'arrivait pas à s'habituer, plus de dix ans après la réforme. Je prends les choses en main. Je vous prie de rester ici. Veillez sur le mort et écartez les importuns jusqu'à l'arrivée de la gendarmerie et des autorités de justice. Elles ne devraient pas tarder.

Le bedeau s'était mis à pleurer. Sa dent unique apparaissait et disparaissait avec le mouvement de sa lèvre inférieure palpitant au rythme de ses sanglots. Deux édiles, solides normands un peu forts, prenaient un teint cramoisi sous le soleil, tandis que le troisième, sec et tout en nerfs, virait au gris pâle des cailloux. Debout, alors que le policier s'était effondré sur son pliant afin de s'économiser, ils ne savaient quelle contenance adopter.

À trois pas du groupe, assise en tailleur au bord de sa serviette, la petite Olga Étrela, dix-huit mois, profitait de l'absence de son père et de la distraction de sa mère, pour lâcher une pelle en plastique jaune et entreprendre de sucer, l'un après l'autre, tous les galets à sa portée. Elle leva brusquement la tête lorsqu'elle entendit la voix de son père venant de nulle part se substituer au fond musical que diffusaient les haut-parleurs.

On fit signe aux pompiers. Ils dévalèrent la pente aussitôt, brancard en main, zigzaguant entre les corps et les serviettes. Au passage, ils heurtèrent en bredouillant quelques excuses le fauteuil roulant d'un paralytique qui ne daigna pas protester. Une couverture écossaise protégeant ses genoux malgré la douceur de la saison, l'homme en chaise roulante observait la flottille s'égailler au large après la cérémonie, à travers ses jumelles. Vision presque kaléidoscopique : les embarcations pavoisées se croisaient sur le miroir éblouissant de la mer qu'embrasait le soleil de midi.

Les pompiers furent un peu déçus d'arriver trop tard. Les marins leur avaient parlé d'un malaise de Lecornuc, pas de blessure, ni de décès. La maréchaussée n'était pas encore prévenue. Deux gendarmes seulement avaient encadré la procession, manifestation pacifique. Ils étaient encore à discuter au café parmi des paroissiens, ignorant comme eux la gravité de la situation.

Le lieutenant réapparut dans le champ de vision de son supérieur. De son pliant, Faidherbe s'adressa aux hommes du feu et des premiers secours, tel un roi fourbu à ses troupes.

– Messieurs, montez la garde autour du mort. Ces gens et moi – il montra le bedeau, les trois édiles et les deux marins qui étaient revenus avec les pompiers – allons procéder à une première reconstitution à chaud.

Puis, s'adressant à son subordonné, il ajouta :

– Téléphone qu'on nous envoie du monde, personne ne l'a encore fait.

Mme Étrela, un joli brin de métisse, s'était déjà rhabillée ; elle avait compris que la journée de mer était finie et tendait déjà le portable à son mari d'une main, tandis que de l'autre bras elle tenait Olga hors de portée des galets tentants, en équilibre délicat car la petite lançait bras et jambes par secousses, excitée de gourmandise.

Le médecin se glissa entre le bedeau et un marin, progressant le corps plié, presque accroupi, pour regagner à quelques mètres de là sa serviette, ses vêtements et sa femme. Ses deux fils, garçons de treize et dix ans, remontaient de l'eau en grelottant. Le docteur Rouvray alla maladroitement buter sur la Vénus anadyomène[6] locale, elle aussi très émue par tout ce qui se passait à deux pas d'elle.

Elle s'écria, en le recevant :

– Docteur, vous tombez à pic, je crois que je me sens mal !

Peut-être que, dans le secret de son cabinet, le toubib l'aurait aidée à reprendre ses sens mais, à cet instant-là, le cœur chaviré par l'image du curé harponné, il n'aspirait qu'à un peu d'air frais. En outre, son épouse, anticipant la manœuvre, intervint pour l'arracher à la Vénus lustrée d'huile solaire. Elle n'avait pas besoin d'imaginer Cupidon voletant au-dessus des deux corps mêlés par la maladresse de son mari, elle savait d'expérience que toutes les flèches ne sont ni visibles ni mortelles. Mme Rouvray fusilla sa présumée rivale du regard, ajoutant aux balles imaginaires une dose de venin :

– Eh bien, Éliphas, ce n'est pas la première fois que tu vois une peau grasse !

6. Vénus sortie des eaux.

La Vénus à l'huile ne releva pas l'allusion, tandis que le pauvre docteur, le visage empourpré, ne répondait pas. Encore sous le choc, Rouvray ne voulait pas exprimer en public sa découverte : le talon du dard enfoncé dans le dos du curé portait un nœud de filin caractéristique ! C'est avec ce même nœud que lui-même reliait ses flèches à son arbalète pneumatique. Face à une horreur si compromettante, *motus*.

Pendant cette piquante scène de vaudeville balnéaire, le commandant Faidherbe, son lieutenant et le reste de la troupe avaient gagné le doris *La Déchirante*, bientôt rejoints par une masse d'estivants, surtout des hommes, ravis d'une nouvelle animation car, il faut le reconnaître, on s'emmerde vite en vacances, surtout sur la plage.

Chacun dut reprendre sa position à l'intérieur de l'embarcation. Le bedeau assura le rôle du curé, promotion inespérée. Il en tira une fierté certaine, sécha ses larmes, mais roula bien vite des yeux effrayés et battit l'air de sa bouche quasi édentée, muet comme une lotte, lorsqu'il fut question du harpon.

Faidherbe tenait lieu de bedeau. Étrela, toujours en maillot de bain, barbota dans le fond mouillé du doris à la place de l'enfant de chœur car le garçon demeurait introuvable. Les autres jouaient leur propre rôle. La musique reprit.

Soudain, un vrombissement couvrit la voix du policier qui remontait le temps. Un avion de voltige jaune et blanc, dans lequel les amateurs reconnurent un Mudry Cap 10, survolait la côte juste au-dessus des falaises. L'appareil coupa la baie où débouche l'étroite valleuse d'Yport, passant devant la plage, amorça une courbe, regagna le large où il fit un double tonneau, plongea en piqué puis remonta en chandelle avant de disparaître vers l'ouest d'où il était venu. Le spectacle aérien avait distrait un instant Faidherbe de sa reconstitution.

En haut de l'escalier, sur le trottoir, Roseline Étrela les attendait impatiemment, chargée d'Olga, du sac de plage, du parasol et des vêtements de son mari. En prenant le sac et le parasol, le commandant s'excusa.

– Je suis navré que votre dimanche à la mer soit foutu par ma faute, chère Roseline.

L'épouse d'Étrela esquissa un sourire qui finit en grimace. La petite Olga, saisie par l'envie de dormir lui bourrait le flanc et le sein de coups de tête comme pour se fouir en elle.

– Ne vous excusez pas, je ne vous en veux pas du tout. De toute façon, je n'aurais pas supporté de rester. La mort horrible de ce pauvre curé m'a bouleversée.

Étrela s'était rhabillé et tenait les clefs de sa voiture. Il étudiait le visage pâli de son chef. Le commandant semblait donner des signes de fatigue. Son subordonné s'inquiétait un peu. Il soulagea Faidherbe des affaires de plage.

– Vous venez pique-niquer à la maison ? Il est un peu tôt pour rentrer chez vous.

Georges Faidherbe le devina.

– C'est très aimable à vous deux ; je me sens tout à fait bien, je me sens même revivre et j'aimerais passer quelques jours ici. Je crois que l'air d'Yport me réussit. Je suis convaincu aussi que j'y trouverai plus de distraction durant ma convalescence qu'entre les quatre murs de mon appartement du Havre.

Il tourna la tête vers l'hôtel qui occupait l'autre côté de la rue, *La Conque marine*.

– Je vais m'installer là. Tu me rendrais service si tu me rapportais demain quelques effets, Étrela, dit-il en tendant au lieutenant les clefs de son appartement du boulevard Clemenceau au Havre. Tu trouveras au-dessus de l'armoire de ma chambre à coucher une valise en cuir rouge, elle est toujours prête. Rapporte-la-moi. En ce qui concerne les médicaments, j'ai ce qu'il me faut dans ma veste pour trois ou quatre jours. Je prendrai le reste à la pharmacie demain. Prends aussi sur le bureau mon appareil photo.

Le commandant, ayant chatouillé le cou d'Olga qui gloussa sans sortir le pouce de sa bouche, serra la main de Roseline et de Victor Étrela puis traversa la chaussée. Il longea les parois vitrées du casino, passa devant une cabine téléphonique, monta péniblement les marches qui donnaient accès à l'hôtel. La lourde porte d'entrée fut difficile à ouvrir. Ils devraient avoir un chasseur, au moins pour la saison, pensa le policier.

– Nous en avons un, mais depuis la cérémonie, il est introuvab' ! lui répondit Anthelme Marigaux, le réceptionniste et homme à tout faire de l'hôtel, quand Faidherbe posa la question.

Moustaches à la gauloise grisonnantes, Marigaux affichait un air bêtement satisfait, mâtiné de jovialité, qui faisait plaisir à voir. Il ajouta :

– C'est un drôle de garçon, serviab' et tout, mais instab', toujours inquiet, toujours nerveux. Je lui dis : « Détends-toi, mon Spiros », – Spiros, c'est le petit nom qu'on lui donne. Rien n'y fait. Ce matin il a servi la messe. Ma sœur y était, elle l'a bien vu. Pis il accompagnait le curé dans le canot. D'ici je les ai vus partir. Et depuis, pfut ! Un courant d'air, il est passé en coup de vent et j'sais pas où il est fourré.

– Vous n'assistez pas aux fêtes de la mer ? s'étonna Faidherbe.

– Bah, bah, bah !.. chantonna l'homme avec un air entendu en clignant de l'œil. J'en ai tellement vu des bateaux... je me déplace que pour les gros et les beaux. Tenez, le paquebot *France* – je l'appellerai jamais autrement – le *Queen Mary II*, le *Vassilissa Olympias*, ça c'est du bateau !

Il termina sa phrase par un lever du pouce ponctué d'un sifflement admiratif. Manifestement, il n'était pas encore au courant des derniers évènements de la plage.

3

La Callas des galets

– Demander une chambre un 15 août, en pleine fête de la mer, c'est de la folie ! s'exclama Marigaux. Mais il a une chance inouïe. Comme fait exprès, tout à l'heure, un client est parti en avance : un imprévu.

L'homme accompagna le mot d'une grimace grotesque, les yeux exorbités, la bouche ouverte, la langue sortie, pour exprimer l'absurdité de la situation : être chassé d'Yport par un imprévu un 15 août... Puis il reprit ses explications :

– C'était jamais arrivé depuis seize ans que je fais la saison ici. Et en plus, il aura vue sur la mer et une voisine certes peu discrète mais jolie comme un cœur. Elle est pas belle, la vie ? Sinon, il restera combien de temps ?

Le réceptionniste de *La Conque marine* avait le bagout d'un camelot, usait systématiquement de la troisième personne avec des inconnus et parlait fort, afin de couvrir le son d'une télé allumée en permanence derrière lui. La tête du commandant commençait à lui tourner. Faidherbe répondit quand même :

– Plusieurs jours.

Il ajouta :

– Dites, le garçon...

– Quel garçon ? reprit l'employé, le dos tourné.

Fouillant le tableau à la recherche d'une clef qui n'était pas à sa place, Marigaux avait déjà oublié le chasseur.

– Votre Spiros. Il travaille régulièrement ici ?

– Ah non ! On peut pas dire qu'il travaille, le petit. Il aide à l'hôtel et au restaurant, le courrier, les courses, la plonge. Il est pas payé. Ce serait pas légal, il a pas l'âge, vous comprenez. On lui laisse des pourboires et des fois, il rapporte du poisson.

– Du poisson ? fit le commandant, intrigué.

– C'est un amateur de chasse sous-marine. Il se débrouille pas mal. On lui achète les belles prises.

– Et ça rapporte ?

– Ça lui fait des sous avec quoi il finance son matériel, en plus des pourboires. Il s'en sort pas mal, vous savez, pour un gars de quinze ans, il est bin dégougineux[9].

– Quinze ans ? Je l'aurais cru plus jeune, commenta Faidherbe.

– Il a pas encore poussé, c'est vrai, mais il poussera. Faut laisser le temps au temps, comme on dit, conclut Marigaux en haussant les épaules.

Il trouva enfin la clef de la chambre qu'il tendit au policier et demanda :

– Au fait, vous voulez déjeuner ? Puisque vous êtes à l'hôtel, on pourra toujours vous trouver une place dans la salle du restaurant.

– C'est très aimable, j'ai déjà pris quelque chose, s'entendit répondre Faidherbe.

D'habitude, il avait un solide appétit et n'aurait jamais sauté un repas mais la mort en direct du curé lui avait donné la nausée. L'idée d'avaler la moindre nourriture solide lui retournait l'estomac.

La chambre, récemment rénovée dans un ton vert pâle, avait gardé un style années cinquante qui lui donnait un charme désuet. Le commandant alla jusqu'à la fenêtre à guillotine qu'il remonta, laissant venir à lui l'air et la rumeur de la mer. Sur les galets, la maréchaussée avait fait venir un engin pour soustraire le canot à la curiosité publique. Presque toute la plage était debout, ne voulant rien perdre de l'opération. Quelques gendarmes se tenaient au bord de l'eau dans l'attente que le jusant découvrît le plateau rocheux : on espérait y trouver l'arme meurtrière. Sur la droite, l'endroit où un peu plus tôt l'abbé Lecornuc gisait était désormais désert. Faidherbe vit le réceptionniste de l'hôtel descendre aux nouvelles. Le bonhomme allait être épaté.

9. dégougineux : débrouillard, en dialecte normand.

Avant de poser sa veste sur la chaise, le policier tâta ses poches pour y prendre un comprimé. Il y sentit, en plus du tube, un objet insolite. Sa nièce, une fillette de onze ans, avait pris l'habitude de lui laisser comme ça des petits cadeaux dans les poches. Cette fois-ci, c'était un sifflet en plastique rose et jaune pâle. Esquissant un sourire, Faidherbe le posa sur l'étagère de verre du lavabo, se ravisa, le remit dans sa poche, avala son cachet avec un demi-verre d'eau puis traîna sa grande carcasse jusqu'au lit. Il n'avait pas voulu gêner Étrela et sa famille, mais ça n'allait pas fort cette après-midi. Il s'allongea et pensa, le regard au plafond zébré d'écailles de peintures.

Ce devait être un accident. Le gamin avait laissé traîner son matériel après ou en prévision d'une pêche. Dans les mouvements du canot, un geste maladroit avait déclenché l'arbalète dont la flèche avait malencontreusement rencontré les reins du curé. Pris de panique, le petit avait jeté son arme de chasse à l'eau et s'était enfui. « Un tragique accident », titrerait *Le Courrier cauchois*. Un tragique accident de bénédiction. Il ne faudrait pas que le Spiros fasse une seconde bêtise par désespoir, pensa le commandant avant de s'assoupir.

Et si ce n'était pas un accident ? Georges Faidherbe se réveilla avec cette pensée-là, reprenant ses conjectures où il les avait abandonnées au moment de s'endormir. Une sorte de cri l'avait tiré brutalement du sommeil.

« Réponds à ma tendresse, verse-moi, verse-moi l'ivresse... », enchaîna une voix chaude après quelques vocalises d'échauffement. Le commandant se redressa sur son lit, hagard. Il se demandait soudain ce qu'il faisait en chaussettes dans une loge d'opéra. Puis les souvenirs lui revinrent en bloc. Dieu merci, ce n'était pas un cauchemar. Sa voisine était cantatrice. Le tour plus riant qu'a prenait l'aventure le ragaillardit. Quoique encore un peu étourdi, il se rhabilla en fredonnant, la tête remplie d'images heureuses de son passé parisien. Ah, les représentations parmi les dorures et les velours du palais Garnier !..

En sortant de sa chambre, il approcha l'oreille de la porte d'où émanaient les voltiges vocaliques puissantes et plaintives, tantôt graves, tantôt aiguës qui, hélas, ne lui étaient pas destinées. C'était Dalila appelant l'amour de Samson sur la musique de Saint-Saëns. Soudain un trille monta en chandelle et explosa en hurlement, il y eut du chahut dans la pièce. Faidherbe ouvrit brusquement la porte, dans l'intention de porter secours à Dalila et reçut un violent coup dans l'estomac. Il en perdit la respiration. Malgré le voile noir qui obscurcissait sa vue, il sembla au commandant qu'on l'enjambait. Une cavalcade retentit dans l'escalier. Faidherbe tomba en syncope sur le palier.

Quand il revint à lui quelques secondes plus tard, le couloir était silencieux. Le policier se redressa péniblement, d'abord à genoux. La tête et la main gauche appuyées contre la porte de la mystérieuse Callas de *La Conque marine*. Il frappa quelques coups sans recevoir de réponse. Il actionna la clenche en vain : la porte était fermée à clef. Il entendit cependant un bruit de pas légers que couvrait presque sa propre respiration encore embarrassée. Il souffla plutôt qu'il ne s'écria :

– Que se passe-t-il, madame ? Tout va bien ?

Enfin, une voix cristalline répondit avec une certaine nervosité où Faidherbe crut percevoir presque de l'impatience :

– Ne vous inquiétez pas. Tout va bien, merci.

La porte resta close néanmoins. Pourquoi n'avoir pas lancé alors : « Police, ouvrez ! » ? Une timidité, une faiblesse peut-être. Il descendit.

À la réception, la télévision s'égosillait pour personne. Anthelme Marigaux avait momentanément déserté son poste. Le policier se jura d'éclaircir l'incident avec lui aussitôt que possible.

L'air de la mer rendit au commandant un peu de souffle Cependant la douleur qu'il ressentait au ventre, le souvenir du drame tout récent, la sévérité de la cité de silex et de brique que le soleil n'arrivait pas à égayer, le rendaient d'humeur maussade. Faidherbe fit quelques mètres dans la direction du calvaire. Il trouva, sous la falaise, face à la mer, un café-tabac-maison-de-la-presse saisonnier.

C'est là qu'il avait donné rendez-vous à tout témoin qui aurait camescopé la scène.

À l'entrée, deux présentoirs de cartes postales s'élevaient au-dessus de cartons débordant de sandales en plastique. Le commandant pénétra au milieu des effluves de tabac et de pastis. Un comptoir marron barrait l'espace. On pouvait s'échapper à gauche vers la presse et le tabac ou passer à droite en direction de l'estaminet. Il se planta devant le comptoir face à la figure grisâtre et revêche d'un petit homme entièrement occupé par sa caisse. Faidherbe était le premier à solliciter le patron. Le jeune adjudant-chef de gendarmerie avait dédaigné cette collaboration.

Le cafetier était débordé. Il n'avait pas le temps, donc pas l'humeur non plus, de renseigner la police. Il se contenta de glisser en vitesse la liste de numéros de téléphone sous le pied du verre de bière que Faidherbe se fit servir, puis lâcha le fond de son amertume en quelques mots bien sentis :

– Ils n'ont rien consommé, vos Lelouch en goguette. Ça passe ses vacances à tourner année après année *Marcel et Paulette pataugent* et, parce qu'un pauvre curé casse sa pipe devant leur objectif, ça croit mériter une médaille, un prix, une boisson gratuite. Charognards, soiffards et radins. Pas de morale. Ils me prenaient pour le Centre National du Cinéma, parole. Chez moi, C.N.C. ça veut dire « Commerçant Non Connard ».

– Vous avez tout à fait raison, approuva le commandant au moment de payer, agitant le bout de papier jaune où il lisait une douzaine de numéros.

– Au fait, tenez, reprit le cafetier, y en a aussi un qui a laissé une cassette, ou un disque, enfin un machin numérique. J'ai mis une croix en face de son numéro de téléphone.

L'homme lui donna une petite carte mémoire d'appareil photo numérique. Faidherbe lui laissa toute la monnaie en pourboire. Le cafetier apprécia. Le policier en rajouta en achetant deux Millionnaires qu'il ne gratta pas sur-le-champ. Il aurait bien pris des cigarillos en sus, mais il montra son cœur d'un air navré. Le débitant compatit et lui dit, dans l'idée de le consoler :

    – Allez, je comprends bien, ça nous fait du mal à nous aussi.

Le commandant venait de se faire un allié dans la place.

Il n'était pas tard, pourtant la plage s'était vidée. Même les gendarmes étaient partis. Avaient-ils trouvé l'arbalète ? La salle du restaurant dont le policier voyait les lumières à travers les vitres teintées était déjà remplie. À l'hôtel, le son de la télévision parlait toujours aussi fort car Anthelme Marigaux avait l'oreille un peu dure. Quand le réceptionniste aperçut Faidherbe, il se composa un visage atterré.

    – Vous avez su la nouvelle ? L'abbé est H.S. et le petit est soupçonné. Les gendarmes ne l'ont pas retrouvé. C'est pas un mal, remarquez. Comment voulez-vous qu'un enfant se défende lorsqu'on le croit coupab' ? Quand même, il a pas reparu, je suis inquiet.

Il plissa les yeux et ajouta, afin de sonder son interlocuteur :

    – Et vous, qu'est qu'vous en pensez ? Est pour cha que vous êtes resté, pas ? On m'a dit sur la plage que vous êtes policier, commissaire même, et que vous étiez là quand le malheur s'est produit.

    – Je ne peux pas intervenir officiellement. Je ne suis pas sur mon terrain. Si je pouvais seulement contribuer à limiter les dégâts que provoque fatalement une enquête, ce serait déjà beau, se contenta de répondre Faidherbe.

    – Parfait ! Parce qu'avec c't'affé on va encore en dire sur nous, les Yportais. I nous injurent déjà de surnoms sur le plateau, après ça... I vont dire quoi ? Nous traiter de « Tue-l'abbé » ou pis, de « Pique-curé » !

Même s'il penchait pour la thèse de l'accident par négligence, Faidherbe se gardait bien d'aucune certitude avant d'avoir visionné quelques images et parlé au gamin, quand ce serait possible. Il montra la liste.

– Ce sont les numéros de gens qui ont filmé la bénédiction. On pourrait se faire une idée de ce qui s'est passé.

– Y a bien trois numéros du coin. Et par le fait, j'en connais un, tenez, fit le réceptionniste en pointant l'index sur le sixième de la liste. Est le numéro du *Bouquet d'Opale*, spécialités de fruits de mer et poissons, comme nous, mais i fait pas hôtel, et n'ouvre que le soir. Une clientèle de fidèles et de connaisseurs vient toute l'année.

– Ça explique qu'il ait été sur la plage ce matin.

– Ça esplique rien et ça m'étonne beaucoup. Dans la restauration, on a trop à faire pour traîner sur les plages, surtout un quinze août, rétorqua l'hôtelier. Et puis Armand, est pas le genre de gars à rôtir au soleil en r'luquant les estivantes avec une caméra. I serait plutôt allé à la pêche en *mé*.

– Lui aussi ! Vous le connaissez personnellement ?

– Depuis toujours, on a été à l'école ensemble ici. On s'est jamais perdus de vue.

– Vous pourriez m'arranger une visite chez lui demain matin ?

– À vot' service, est un bon copain !

Faidherbe sortit de sa poche un de ses deux tickets de Millionnaire et joua les imbéciles :

– Une question encore. Vous savez comment on joue à ça ? Je n'ai pas mes lunettes sur moi. Je n'ai pas osé demander au tabac, il y avait affluence.

– Est tout simp' : y a qu'à gratter avec une pièce. Si la même somme apparaît trois fois il a gagné et il peut même passer à la télé et tirer un gain plus important, expliqua le réceptionniste qui avait éteint le poste pour donner plus de solennité à l'initiation de son interlocuteur.

– En effet, ce n'est pas compliqué. On partage ?

Les yeux du bonhomme s'illuminèrent. Faidherbe le laissa gratter : il n'avait plus de pièces. Le ticket rapporta vingt euros. Le commandant posa un billet de dix sur le comptoir.

Marigaux parut heureux comme un gamin qui vient de trouver un sou sur le chemin de l'école.

– Je les jouerai ce soir au casino. J'aurais pas voulu faire de peine à not' pauv' curé qu'a pas eu bin d'la veine aujourd'hui mais tout s'équilibre, je l'ai toujours pensé : c'est mon jour de chance, je le sens.

Il appela le restaurant pour qu'on dresse une table à Faidherbe. La réponse sembla le contrarier d'abord, puis il se ravisa et sourit.

– On va vous agésiner[10], commissaire. On peut pas être mieux placé que vous ce soir.

En se dirigeant vers la salle, le policier sentit dans son dos le regard chaleureux de l'hôtelier. Il se retourna et revint sur ses pas.

– Encore deux petites choses. Connaissez-vous la personne en fauteuil roulant qui a passé la matinée sur la plage, des jumelles rivées aux yeux ?

– Monsieur Lorraine, vous voulez dire ? Tout le monde connaît. Grosse fortune et amateur d'art qu'on s'attendrait voir séjourner dans le Midi ou à Deauville. Était aussi un sportif mais un accident en plongée l'a rendu impotent. Il a un manoir près d'ici. Je le connais pas personnellement. I vient quelquefois au restaurant, mais... est un distant, i fait son important quoi. Et la deuxième petite chose ? demanda Marigaux.

Il avait quitté son comptoir pour accompagner le policier jusqu'aux escaliers intérieurs menant au restaurant, assez fier de rendre service dans une enquête parallèle. Le commandant pouvait compter sur un deuxième allié.

– J'ai été bousculé tout à l'heure par quelqu'un qui jaillissait violemment de la chambre de la cantatrice. Vous n'avez vu sortir personne ?

– Ah mais ça, est une éruption lyrique, *cha* ! Encore un admirateur caché, un intrus expulsé par la puissance de son organe. Elle est très forte, dit Marigaux, des trémolos admiratifs

10. agésiner : soigner, en dialecte normand.

et *sostenuto* dans la voix. Non, cette fois-ci, le lascar, je l'ai loupé. D'habitude, je les escorte à coups de pied au cul. Je trifouillais le système de climatisation qui déconne en ce moment. Je voudrais surtout pas qu'elle ait les cordages vocaux abîmés : quelle honte ce serait pour la maison !

Ils avaient atteint la porte de la salle où le réceptionniste laissa Faidherbe songeur et affamé cette fois. En fond sonore, il reconnut avec émotion une chanson berlinoise de David Bowie : « *We can be heroes*[11]... ». Toute sa jeunesse en allée, comme le mur.

Le maître d'hôtel, louvoyant entre les tables d'une démarche chaloupée, le mena jusqu'à un coin de la salle. Un casque de scaphandrier en cuivre doré en ornait le mur. Une chaise était vacante devant une silhouette de femme blonde, attablée seule près d'une fenêtre. Elle tournait un joli dos à la salle. C'est là que le maître d'hôtel l'installa. Le casque qui cachait le haut-parleur chantait « *I wish you could swim like dolphins, like dolphins can swim*[12]... » Bowie en scaphandrier marin, c'était un travestissement inédit. Le décorateur ne manquait pas d'idées. Avant de s'asseoir, le commandant se lança dans les politesses d'usage :

– Je ne saurais trop vous remercier, Madame, d'avoir accepté de partager votre table avec un inconnu.

La jeune femme leva la tête du risotto aux fruits de mer qu'elle avait entamé et regarda son commensal. Bien qu'elle fût coiffée et habillée, Faidherbe la reconnut aussitôt et son sang ne fit qu'un tour : c'était la Vénus de la plage aux pieds de laquelle Lecornuc était venu exhaler son dernier soupir. Il tomba plutôt qu'il ne s'assit sur sa chaise, autant de surprise que pour ménager son cœur qui s'emballait.

– Mademoiselle, répondit-elle.

– Excusez-moi doublement donc, mademoiselle. Je me présente, Georges Faidherbe. En villégiature ici quelques jours, contraint par les circonstances.

11. « Nous pouvons être des héros... »
12. « Je voudrais que vous sachiez nager comme les dauphins, comme les dauphins savent nager... »

– Grâce de Sainte-Bove, je viens ici de mon plein gré tous les étés, répliqua plutôt froidement la jeune femme. Insensible au sourire charmeur qu'esquissait son vis-à-vis, elle repiqua sa fourchette dans son risotto. Faidherbe ne se laissa pas décourager par la sécheresse de la réponse. Les yeux verts, le teint à peine hâlé et piqueté de taches de rousseur, le nez très légèrement retroussé, la bouche charnue et les formes avantageuses de la jeune femme, mises en valeur par un décolleté mutin le troublaient. Le commandant en ressentit une sorte de bulle au cœur, une extrasystole d'émotion. Il saisit l'occasion que lui donnait le nom de Sainte-Bove.

– Ne seriez-vous pas parente d'Ondine de Sainte-Bove dont Le *Savoir-vivre en toutes circonstances* a été longtemps un de mes livres de chevet à côté des *Essais* de Montaigne ? Je vous trouve une certaine ressemblance avec cette remarquable autrice.

Bien sûr, il mentait. Pour le savoir vivre, Montaigne suffisait. Mais Mme Ba, une femme adorable qui veillait sur son intérieur ne jurait que par le manuel de Sainte-Bove.

– C'était ma mère. Elle aurait mieux fait d'écrire un manuel de survie.

– Je suis navré, sincèrement confus même, j'ignorais que Mme de Sainte-Bove fût décédée.

– Cette fois-là les journaux ont été discrets, il n'y avait rien à montrer, si peu à dire. Elle a disparu, non loin d'ici, au large, il y a cinq ans. Un accident de plongée. Elle aurait été accrochée par une turlutte ou une palangre, je ne suis pas spécialiste. On n'a jamais retrouvé son corps.

La jeune femme avait débité ces mots sur un ton monocorde comme si elle était indifférente à leur sens tragique. Mais Faidherbe comprit que cette insensibilité était feinte quand il remarqua que ses doigts étaient agités de légers tremblements.

Le retour du maître d'hôtel, venu passer commande, interrompit la conversation.

Le commandant avait songé à un homard thermidor. L'idée que l'animal se fût engraissé non loin de là sur le cadavre d'une de ses autrices favorites le fit changer d'envie :

– Je prendrai un steak tartare. Vous ajouterez un Madiran, une demi-bouteille.

Quand ils furent de nouveau seuls, Faidherbe relança la conversation :

– Vous écrivez peut-être, vous aussi ?

– Absolument pas, je fais un peu de figuration au cinéma ou au théâtre, et parallèlement, j'étudie le chant, dit-elle avec un sourire qui éclaira soudain son visage.

Le sang de Faidherbe ne fit qu'un tour. Vénus et la Callas en une même personne lui étaient servies à Yport sur un plat. Il lui vint un appétit formidable.

– J'ai entendu tout à l'heure votre voix. Magnifique ! Je me suis douté aussitôt qu'elle appartenait à une jeune femme très séduisante.

Grâce de Sainte-Bove resta de marbre. Elle fixa son interlocuteur dans les yeux, appuyant son regard et son propos d'un geste de sa fourchette, toutes dents pointées vers lui :

– Les compliments me sont agréables, c'est entendu, mais arrêtez-vous là. Je n'aime pas qu'on mélange la séduction à la table, surtout de la part d'un inconnu. Cela me gâche le repas.

La réplique piqua au vif l'amour-propre du policier. La belle Grâce lui plaisait vraiment.

– De mon côté, je n'aime pas être frappé au foie par un olibrius sortant de la chambre d'une femme, fût-elle belle, blonde et cantatrice. Qui m'a frappé ? Pourquoi ne m'avez-vous pas ouvert ensuite ? demanda le commandant, prenant une intonation de rancune feinte.

– Je suis désolée, répondit Mlle de Sainte-Bove.

Elle eut, pour dire cela, une mimique d'enfant prise en faute qui lui donnait enfin un air charmant d'humanité.

– Un inconnu a surgi de ma penderie pendant que je chantais et s'est enfui. J'étais sous le choc, j'ai fermé la porte à clef. Je ne savais pas qui me parlait et que vous aviez besoin d'aide. J'ai pensé que l'homme s'était ravisé, qu'il revenait avec cette ruse.

– C'était donc un homme ? Vous l'avez vu ?

– Oh, non, je le présume. En tout cas, ce n'était pas une femme, je le jurerais : pas d'eau de toilette, pas de parfum identifiable, une vague senteur de mer, iodée et fraîche.

– Nous dirons donc un admirateur venu des flots, un triton de Neptune peut-être ? plaisanta Faidherbe. En effet, lui-même avait senti une odeur de bar frais sur un lit de goémon.

Et reprenant son badinage :

– Je vous admire aussi et je ne voudrais pas être plus longtemps méconnu. Je suis commandant de police et nous nous sommes déjà rencontrés aujourd'hui même.

– Ça, je le sais, je vous ai vu à l'œuvre sur la plage avec le docteur Rouvray, répliqua la jeune femme. Il y a mieux comme circonstances pour une première rencontre, la mort n'est jamais *glamour*.

Nullement rebuté, Faidherbe changea d'angle d'attaque.

– Je n'étais pas en poste au Havre quand votre mère a disparu. J'aimerais pouvoir vous aider.

La jeune femme, son assiette vide, s'essuya les lèvres et, en posant sa serviette, lui jeta sur un ton moqueur :

– Eh bien, apprenez à plonger, c'est sous l'eau que ça s'est passé.

Faidherbe passa la main dans ses cheveux roux, signe d'embarras chez lui, puis répondit alors qu'elle quittait la table :

– J'y songe de plus en plus : je ne sais pas résister à l'appel des sirènes.

C'était pure forfanterie de la part d'un homme en convalescence. Jamais son cardiologue ne l'autoriserait à faire autre chose que mettre la tête sous l'eau du pommeau de douche. Même un baptême à moins de trois mètres était exclu. En revanche, Étrela...

Quant à séduire la belle Grâce, l'affaire semblait mal engagée. Sa poitrine canon abritait un cœur de boulet.

37

Chapitre 4

Homard l'a tué ?

Georges Faidherbe passa une mauvaise nuit. Ses médicaments ne faisaient pas bon ménage avec le Madiran. Lassé de tourner et retourner dans son lit, le policier alla s'accouder à la fenêtre : la mer luisait, éclairée par un rayon de lune et donnant le spectacle de millions de lames d'acier aux reflets bleutés en mouvement. Pendant des millénaires, cet espace liquide, que Faidherbe contemplait comme une masse agitée mais inanimée et indifférente à tout ce qui l'entourait, avait paru habité de puissances capricieuses. Les hommes se conciliaient ces forces au moyen d'offrandes, de sacrifices, de cérémonies, de processions et de rites. Mais depuis que les dieux étaient morts, pensa-t-il, les tempêtes et les chausse-trappes de la mer semblaient inexorablement absurdes. Quelle fin stupide pour Ondine de Sainte-Bove, si intelligente, si raffinée, si belle et si jeune encore !

Tout à ses pensées lugubres, le commandant fixait les scintillements obscurs de la mer sous la lune. Quelques taches sombres en mouvement çà et là lui donnèrent l'illusion que les silhouettes de noyés sans visage ou les créatures cauchemardesques de Lovecraft progressaient dans sa direction. Il eût aimé à ce moment-là que la voix de Grâce rompît le silence de l'hôtel et le murmure inquiétant de la mer. Elle ne dormait peut-être pas. Faidherbe pencha le torse hors de la fenêtre pour vérifier si, par hasard, sous prétexte de prendre le frais comme lui, la jeune femme ne cherchait pas à apercevoir le spectre maternel au travers du bercement des flots. La fenêtre de sa voisine était ouverte aussi, il en voyait battre le rideau sous l'effet de la brise, mais elle était vide.

Le commandant retourna s'étendre et attendit l'aube entre de brefs assoupissements. Quand il eut enfin trouvé le sommeil avec le jour qui se levait, des sirènes d'ambulance et de police l'en arrachèrent impitoyablement. Il traîna encore au lit, dans un état lamentable, avant de descendre prendre un petit-déjeuner. Il était neuf heures passées.

Anthelme Marigaux avait une tête grise de jour de malheur :

– Vous avez perdu au casino, hier soir ? s'inquiéta Faidherbe compatissant.

– Non, j'ai perdu Armand, ce matin, à l'aube. Trouvé mort dans son restaurant par la femme de ménage.

– Ah, c'était donc ça, le tintamarre de ce matin !

Faidherbe avala son chocolat en vitesse et partit vers *Le Bouquet d'Opale* en mâchant son croissant dont les miettes volèrent au vent.

Entourée par une foule de badauds, une fourgonnette de la gendarmerie était garée devant le restaurant. Le commandant écarta quelques curieux, montra sa carte de police à un gendarme en faction et entra. Il n'y avait personne dans la salle, mais il entendit des voix provenant d'une autre pièce, la cuisine probablement. Il s'avança. Deux autres gendarmes se tenaient debout devant une femme d'un certain âge.

– J'ai point tilteu. De la s'cousse, j'ai point tilteu, disait-elle dans un parler personnel mêlant, avec fantaisie et créativité, la modernité à la plus ancienne tradition yportaise.

C'était la mé Hâquehain, comme tout le monde l'appelait ici, qu'Armand Bernicle avait engagée en raison de sa vaillance proverbiale et de son don inné à théâtraliser l'art du ménage, un spectacle en soi.

– C'est à peine croyable, commenta l'adjudant Baudoin dont Faidherbe avait tout de suite reconnu la stature monumentale et le cou de taureau.

– Croyab' ou pas croyab', j'vous dis que j'ai point tilteu. Moi, ces bestiâs-leu, cheu m'dégoût', avec leu' pattes, leu' pinces, leu's yeux noué's comme eul péché et leu's antennes, surtout leu's antennes qui leu's agitent pou' vous r'luquer. J'peux point la vé, la rocaille. Alors quand j'passe la toile à pa-

veu de d'vant l'aqua'ium, j'tourne la tête. Tenez, j'en ai enco'
pu', rin que d'en causer !¹³

La mère Hâquehain, assise sur une chaise de la cuisine
du restaurant, appuyée sur le balai-brosse plongé dans le seau
où barbotait sa serpillière, prit à ce moment le bras du jeune
brigadier qui prenait note de son témoignage sur un petit écran
électronique, puis plaqua la main du militaire sur sa poitrine
généreuse et frémissante. Le gendarme la retira aussitôt d'un
geste vif comme s'il avait été électrocuté par un gymnote.

Baudoin, plus âgé, sourit. Faidherbe profita de cette
scène muette pour toussoter. L'adjudant fit pivoter sa carcasse
et, reconnaissant le commandant, le salua d'un geste à la vi-
sière de sa casquette. Il fit un signe d'apaisement au brigadier
qui le questionnait du regard, étonné de voir ce quidam pas rasé s'inviter à l'enquête. Baudoin voyait en Faidherbe un ami
auquel il n'y avait rien à cacher – à charge de revanche – et
n'était pas fâché de contrarier l'adjudant-chef Jauvert. Son chef
piquerait une crise quand il saurait que le commandant s'attar-
dait dans les parages. Baudoin continua son interrogatoire :

– Mais enfin, deux jambes qui dépassent d'un aquarium,
c'est aussi gros qu'une antenne télé sur le toit d'un pavillon de
chasse Louis XV !

– Connais point. Chez ma, on n'achète que du Henri II à
Bayeux ou du Formica à Conforama, est un princhipe.

– Vous n'allez tout de même pas continuer à affirmer
que vous avez fait tout le ménage du restaurant sans vous
rendre compte que M. Bernicle s'était noyé dans l'aquarium à
langoustes et homards.

– Eh bin si fait ! répondit la femme de ménage sans se
laisser démonter, regardant le pandore dans les yeux.

---

13. « Croyable ou pas croyable, je vous dis que je n'ai point tilté. Moi, ces
bêtes-là, ça me dégoûte, avec leurs pattes, leurs pinces, leurs yeux noirs
comme le péché et leurs antennes qui s'agitent pour vous lorgner. Je ne
peux pas les voir, les crustacés. Alors quand, je passe la serpillière devant
l'aquarium, je tourne la tête. Tenez, j'en ai encore peur, rien que d'en
parler. »

L'adjudant, visiblement excédé par cette arrogance, changea de tactique et de sujet :

– Est-ce que vous lui connaissiez des soucis qui auraient pu le conduire à mettre fin à ses jours ?

Eugénie Hâquehain tourna la tête en direction du Frigidaire hors d'âge qui ronronnait *La Madelon* comme le dernier tube à la mode, suivit la ligne que faisait la barre de laiton doré étincelante bordant la cuisinière, passa la cheminée, arrêta enfin son regard sur le gigantesque évier de ciment poli et ébréché qui équipait la cuisine, véritable gueule de baleine propre à avaler un Jonas, comme pour chercher un accessoire de cuisine nouveau, étrange et inconnu, peut-être électrique, appelé « souci ». La mé Hâquehain accompagnait cette quête d'un mouvement de bouche prononcé faisant alternativement saillir et rentrer sa lèvre inférieure. Cette mobilité labiale compulsive rappela le bedeau au commandant. La femme de ménage lâcha soudain :

– Des soucis, qui ch'est qu'en a point, pas ? Des comme cheu..., nan. Et pis, y avait pas de chaise bailleille devant l'aqua'ium. Cheu m'aurait frappeille tout de suite, le désordre. Je vés ben quand c'est point clé'[14].

– C'est vrai, ça, chef, s'exclama le jeune gendarme. Comment il a fait pour monter là-dedans ? Il n'a pas plongé d'en bas !

– Et l'ieau ? enchérit la femme qui s'était trouvé un soutien dans le jeune homme.

– Quoi, l'eau ? reprit Baudoin.

– Eh bin, l'ieau était sèque ! Les carriâs étaient point mouillés, au pied de l'aqua'ium. Y avait rin de bizarre, quoi. Vous veyez ben que j'avais raison d'rin vé !

L'adjudant, expérimenté, avait plus d'une question dans son sac :

– Est-ce que vous lui connaissiez des ennemis ?

14. « Des soucis, qui n'en a pas ? Des comme ça...non. Et puis, il n'y a pas de chaise renversée devant l'aquarium). Ça m'aurait frappée tout de suite, le désordre. Je vois bien quand ce n'est pas clair ».

41

La tête de la femme de ménage amorça le même mouvement que précédemment, accompagné de la même agitation
des lèvres.

Baudoin coupa court à sa réflexion :

– Je vois que non.

La mère Hâquehain réagit avec indignation :

– Mais si ! Faut quéri' parmi les crabes et les 'tits bleus
s'il n'y en a pas un qu'aurait les pinces détacheilles. Il aurait pu
le tirer dedans la boîte. M. Bernicle, je l'entendais toujou' gueuler « saloperie de saloperie » quand il en pûchait un pour sa
cuisine. Est comme tous ces jeunes, et Spiros le premier ! À
force de vé des cruautés à la teuleu, a fini par tuer not' cu'eu.
Icitte aussi la teuleu était jamais souffleille. Cheu donnerait des
idéeilles de malhu' même à ces bestiâs-leu.[15]

Le commandant perdit complètement le fil d'un raison-
nement en patois procédant par association très libre d'idées
sans aucun souci logique. Le jeune brigadier, enfant du pays,
souffla alors une traduction approximative en léger différé à
Faidherbe, ainsi sauvé d'une noyade linguistique. Baudouin
poursuivit :

– Vous n'allez pas me dire que c'est un crustacé qui a
assassiné votre patron par noyade.

Eugénie Hâquehain, se rendant compte que son accusa-
tion, un peu hâtive, souffrait de faiblesse, secoua deux ou trois
fois de bas en haut la serpillière dans son cocktail de M. Propre,
Omo et Javel, – une recette et un dosage personnel –, avant de
suggérer :

– I' s' sont p't-être mis à plusieu's.

Puis, décidément remise en verve par cet interrogatoire
matinal, avec la voix de José Van Dam interprétant Méphisto-

15. « Mais si ! Il faut chercher parmi les crabes et les petits bleus (les
homards) s'il n'y en a pas un qui aurait les pinces détachées. Il aurait pu le
tirer   dans l'aquarium. M. Bernicle, je l'entendais toujours gueuler
« saloperie de saloperie » quand il en pêchait un pour sa cuisine. C'est
comme tous ces jeunes, (...).A force de voir des cruautés à la télé, il a fini par
tuer notre curé. Ici aussi la télé n'est jamais soufflée (éteinte). Ça donnerait
des idées de malheur même à ces bêtes-là. »

phélès dans la *Damnation de Faust* de Gounod, acte IV, scène 6, elle entonna un vers de sa composition :

« Ainsi a-t-il péri par où qu'il a pêché ! »

Faidherbe crut un instant qu'il avait souscrit sans le savoir un abonnement pour *L'opéra à quat' sous* version yportaise. Au même moment, un éclair furieux zébra le ciel, frappant de stupeur les installations électriques. Le tonnerre gronda comme un coup de canon aux oreilles des trois représentants de l'ordre, déjà mises à mal par la cantatrice à la serpillière. Puis une pluie torrentielle martela les toits, inonda les rues, faisant de la cuisine du restaurant assombrie une sorte de cabine de pilotage de sous-marin anténautilien. Le Frigidaire avait cessé de ronronner.

Le jeune brigadier tapotait vainement sur son petit appareil : l'organiseur électronique avait perdu la mémoire, volatilisée sous l'effet de l'électricité de l'air survolté.

Baudoin fit remarquer à son jeune subordonné :

– Tu aurais mieux fait de noter ça sur un carnet de papier.

– Je le perdais tout le temps aussi, mon carnet.

La mère Hâquehain se redressa, en appui sur son balai-brosse, fit aller et venir la lèvre inférieure puis intervint sur le disjoncteur. Le frigo eut un ébranlement nerveux et reprit sa chansonnette. En ce qui la concernait, l'interrogatoire était terminé, le boulot reprenait :

– Allez ! I vont point s'éluger avec c't'affé[16], I prendront bin une 'tite goutte de café ?

Ce n'était pas de refus. Les trois hommes s'assirent et se laissèrent servir. La pluie tombait encore avec force, ils n'étaient pas fâchés d'attendre à l'abri la fin de l'averse. Faidherbe ne but qu'une gorgée de café, rapport à son cœur, comme il l'expliqua à la dame.

– Je peux vous poser une dernière question ? demanda le commandant avec l'assentiment tacite de Baudoin. Votre pa-

16. « Vous n'allez pas vous casser la tête avec cette affaire, ... »

tron, était-il sur la plage, hier midi avec son caméscope, par hasard ?

Ayant parlé, le policier acquit de l'existence aux yeux de la femme de ménage qui le jugea sur-le-champ : un horsain complet, même pas un de ces gendarmes de terrain, du coin par force sinon par adoption. Elle décida de remettre de l'ordre dans son ramage pour le rendre accessible à un de ces faibles d'esprit de par là-bas, incapables d'entendre les finesses du langage yportais.

– Jamais de la vie : il était déjà aux fourneaux pou' le soir et pis, il a pas de quin machin chose, répondit la femme qui avait mal saisi le dernier mot du commandant.

– J'ai dit un caméscope, un appareil pour enregistrer des images, une caméra vidéo autrement dit, précisa Faidherbe.

– Ça, je sais ce que c'est, mon fils en a une pour filmer ses petits. Jamais vu une vidéo ici, jamais. Est un homme qu'avait pas d'éfants, un célibataire qu'aimait rin que sa cuisine, ses clients et les parties de pêche aux rocheux. Qu'est qu'il aurait fait de cheu ? [17]

Des mots de patois lui avait échappé, c'était plus fort qu'elle. Et, comme elle répondait avec une conviction qui s'appuyait sur des gestes, Eugénie Hâquehain agita la cafetière au-dessus de leur tête. Faidherbe et les deux gendarmes craignirent un instant un arrosage de café brûlant. Tout en l'écoutant, ils louchaient sur le bec du récipient dont ils anticipaient les mouvements par de subtils mouvements de la tête et du torse. Finalement, il aurait mieux valu affronter la pluie.

Quand ils furent sortis, Baudoin résuma la situation :

– C'est la sœur du bedeau. Je vous laisse imaginer l'interrogatoire du frère hier. Eh bien, avec ces deux-là, on est bien avancés !

– Vous penchez pour un accident ou pour un suicide, ce coup-ci, Baudoin ? demanda Faidherbe en regardant par terre pour éviter les flaques, l'air de rien.

---

17. « (...) C'est un homme qui n'avait pas d'enfants, un célibataire qui n'aimait que sa cuisine (...). Qu'est-ce qu'il aurait fait de ça? »

Le gendarme toisa le policier, aussi grand que lui mais sensiblement moins costaud, avec un air rigolard :

– Vous ne seriez pas en train de vous ficher de moi, commandant ? Pas plus que vous, je ne crois aux coïncidences en matière de mortalité violente dans un même lieu en moins de vingt-quatre heures. Vous avez votre idée ?

– Je vous le dirais. Pour l'instant je nage complètement en eaux troubles, répondit Faidherbe. Si vous pouviez me communiquer discrètement le nom du légiste, j'apprécierais, ajouta-t-il avant de changer de sujet. Vous avez mis la main sur le gamin, ce Spiros ?

– Il court toujours, comme le furet de la chanson.

5

À feu et à sente

Devant *Le Bouquet d'Opale*, quelques badauds que l'orage n'avait pas foudroyés espéraient la sortie d'une autre victime. Encapuchonnés sous des K-ways détrempés, appareils photo en bandoulière, ils se tenaient prêts à shooter. Complétant l'ambiance d'une sonorisation dramatique, un hélicoptère de la gendarmerie survolait le théâtre des opérations, sans doute à la recherche de Spiros. Le soleil, réapparu entre deux rideaux de nuages, éblouit un instant Faidherbe. Il s'avança prudemment sur la chaussée détrempée dans l'intention de regagner l'hôtel.

– Et alors ? Votre régime, commandant ? Pas très bons pour les artères, les fruits de mer à la crème...

Une silhouette courte lui parlait en contre-jour. Il reconnut Étrela à son accent havrais prononcé.

– Très drôle. Approche, que je te présente le menu du jour.

– C'est ici qu'on mange ? demanda Étrela, prêt à entrer dans le restaurant.

Faidherbe répondit à voix basse :

– Non. Ça vient juste de fermer. Le chef s'est expliqué un peu vivement avec un homard. Viens avec moi, je rentre à l'hôtel.

Les deux hommes se turent en passant entre les badauds. Un journaliste pouvait se trouver parmi eux. La noyade d'Armand devait rester discrète : après la mort spectaculaire du curé, cette nouvelle disparition pouvait affoler toute la région.

Un peu plus loin, le commandant avisa la valise rouge que tenait son adjoint.

– Merci pour la valise, J'ai des chances de passer une villégiature un peu plus longue que prévue maintenant. Tiens, un petit cadeau destiné ta fille.

Faidherbe tendit le sifflet rose et jaune. Il surestimait complètement l'âge d'Olga. C'était gentil quand même.

En marchant, le commandant commença un rapport détaillé des derniers évènements à son adjoint. Ils s'arrêtèrent sur le muret en ciment qui surplombait la plage d'amont. Celle-ci s'étendait cinq mètres plus bas en une longue virgule grisâtre qui suivait la barre des falaises jusqu'à Fécamp. Le lieutenant avait posé la valise rouge sur ses genoux. Il écoutait son chef. Faidherbe, les mains dans les poches, jouait du pied avec un petit galet rond tout en lui exposant les derniers faits. Le regard perdu sur l'horizon nuageux où l'hélicoptère virait pour revenir au village, Étrela suivait mentalement le cortège des faits divers locaux : Grâce de Sainte-Bove et ses nuits agitées, sa mère perdue au fond de la Manche et Armand le restaurateur baignant au fond de son bac à homard, le bedeau édenté, sa sœur, l'enfant de chœur qui galopait toujours...

– Avec le curé hier, ça fait quand même beaucoup, conclut le lieutenant à voix basse et d'un ton neutre, comme à lui-même.

Puis il se releva vivement.

– Vous savez, patron, au Havre, ça ronronne en ce moment, à part quelques délits de saison... Les collègues n'ont pas trop besoin de moi. Je sens que je vais souvent venir vous voir, ça me fera comme des vacances laborieuses...

– Si ça t'amuse... moi, ça m'arrange, je fatigue vite : tu seras mes jambes, et moi...

Le lieutenant s'était levé.

– Vous, la tête ? Merci, J'apprécie. Non, patron, vous en avez encore dans les jambes, croyez-moi. Déjà, ici, ça monte et ça descend partout, et vous ne vous en tirez pas si mal puisque vous avez quitté la chambre pour aller flairer du crime aux environs. Dans un restaurant, c'est vrai...

Étrela avait montré d'un geste large l'espace de la promenade où les deux hommes se tenaient. Les maisons y semblaient s'être arrêtées *in extremis* avant de chuter sur la grève, comme poussées par le reste du village. Ici, tout était bâti sur une descente en paliers compliqués, sans rien de perdu, en brique, pierre ou ciment, qui devaient faire barrage coûte que coûte aux colères rares mais furieuses de la Manche. L'hôtel se trouvait un peu plus bas. Au-dessus, le casino, un parallélépipède d'aluminium et de vitres fumées, trônait sur la même pente vers la plage.

Pendant leur déjeuner au restaurant de l'hôtel, les deux policiers devisèrent encore des tribulations yportaises. Rien n'y faisait : il fallait trouver un lien entre le curé et Armand, sans quoi on aboutirait à un stupide accident de barque et à un suicide loufoque. Après tout, on avait déjà vu des affaires se conclure sur des suicides alors que les victimes avaient reçu trois balles au travers du crâne. En août, les parquets étaient assoupis, les affaires n'avanceraient pas bien vite. Indices et témoignages allaient s'étioler jusqu'en septembre puis finiraient en queue-de-poisson. Pourtant, Faidherbe flairait du louche dans les deux affaires.

– Un truc me chiffonne, dit le commandant. Sur la liste récupérée au tabac, quelqu'un a donné le numéro de téléphone d'Armand, le type qui nageait parmi ses homards tout à l'heure. Or le restaurateur n'était pas présent sur la plage hier. De plus, il ne possède pas de caméscope...

48

– Ce quelqu'un a voulu nous envoyer au restaurant afin que nous y pêchions des infos, patron... Trop tard. Armand est muet... J'oserai dire muet comme une carpe, et c'est lui qu'on a péché !

Étrela ajouta une pièce troublante au dossier : le portrait de l'enfant de chœur Spirou, établie d'après une simple recherche d'identité menée le matin même dans les fichiers du Havre.

– C'est bien simple, notre gamin en aube n'est pas un enfant de chœur ! Mais alors, pas du tout : en fait d'enfant, il a déjà quinze ans quoiqu'il en paraisse douze. Oui, il est encore petit de taille mais déjà grand question délits. Son portrait psychologique fait froid dans le dos... C'est un chœur de lamentations qu'il a dû laisser derrière lui. A propos, vous avez récupéré des films, des photos ? On devrait avoir sa bouille d'hier en image. Les clichés les plus récents de son dossier ont un an, et à cet âge on change rapidement. Je vous avoue ne pas l'avoir trop regardé à la plage, à part sa petite taille et la couleur de son aube, il ne m'en reste rien...

– Moi non plus, je ne m'en souviens pas bien. Justement, as-tu apporté mon appareil photo ?

Faidherbe montrait au lieutenant la carte récupérée au tabac. Étrela sortit un petit appareil numérique de sa poche qu'il donna à son chef. Il continua pendant que le commandant visionnait les photographies.

– Spiros est un enfant trouvé sur un quai du Havre. Il avait deux ans. Une seule piste d'identification : un papier épinglé sur son polo avec prénom et nom : Spiros Phocas. L'enquête au Havre, puis en Grèce, n'a rien donné. On s'y perd en Phocas là-bas : beaucoup portent le nom, aucune disparition signalée. Rien. L'enfant a été placé chez une famille yportaise à l'âge de trois ans, les Ouin. C'est un gosse difficile, on dirait hyperactif maintenant...

Faidherbe l'interrompit.

– Ce photographe est un nul... c'est cadré n'importe comment.

– Le jour de ses douze ans, sa mère d'accueil meurt en préparant un barbecue, grillée sur un feu de branches amorcé à l'essence. Le gamin était le seul témoin. On a conclu à un accident domestique stupide...

Étrela s'arrêta. Silence. Le commandant releva la tête. Les deux hommes pensaient la même chose... Non. C'était un accident, bien sûr. On ne voyait ce genre d'horreur que sur les unes de *Nouveau Détective*...

– Et le mari dans tout ça ? demanda Faidherbe en reprenant l'examen des photos.

– Le mari... Monsieur Ouin a dû faire ce qu'il pouvait pour maintenir en place Spiros. Mais il est croupier intérimaire en ce moment, au casino juste en dessous. Il a des horaires décalés. Le gamin a enchaîné fugues et délits avec allers-retours réguliers au tribunal pour enfants. Le pauvre type était dépassé. Le curé Lecornuc a pris Spiros sous son aile entre deux méchantes histoires pour le recadrer un peu.

– Profil psychologique ?

– Inquiétant. Une sorte d'émotif ultraviolent. Un caractère compliqué. Les rapports restent confus, les psys ont du mal à le cerner. À lire les dépositions, on frise le psychopathe en herbe. On ne compte pas les menaces avec armes, morsures et coups de pieds aux gendarmes à chaque interpellation après ses fugues. Il a quand même failli en tuer un en l'étranglant avec un fil de pêche. Il lui avait fiché l'hameçon dans la carotide et entortillait le fil autour de son cou. A quatorze ans... C'était sa spécialité, le lancer d'hameçon avant étranglement. Le collègue s'en est tiré de justesse. Le juge a admonesté le gamin solennellement... On tient là un bon client pour la mort du curé, non ?

– Peut-être. Mais il n'a pas plongé tout seul Armand au fond de son bac à homards. L'école ?

– Une catastrophe. Spiros a épuisé toutes les institutions éducatives de la région. Il est censé préparer un CAP maritime à Fécamp. Manifestement ils ne se battent pas pour le rappeler sur les bancs de l'école. Il aide ici, en été, où on oublie ses bêtises contre un beau poisson.

Faidherbe tendit l'appareil à Étrela, côté écran, au-dessus des assiettes où reposaient les restes de soles à la crème.

– C'est la meilleure du gosse... ou la moins mauvaise.

On voyait Spiros derrière Lecornuc, au cœur de la nef, sur un cliché flou, cadré en plongée, bancal. Un visage émacié sous des cheveux châtains mi-longs en frange hirsute sur le front avec un méchant effet yeux rouges pour le regard par-dessous : c'était tout ce que l'on avait de l'adolescent.

– On s'en contentera, continua Faidherbe, si jamais on le croise dans le village. Mais des ados comme ça vissées sur une Mobylette pétaradante, on en trouve à chaque coin de rue.

– Pas avec ce feu diabolique plein les yeux, patron, précisa le lieutenant, visionnant à son tour les clichés.

Le commandant sourit.

– Allons... le photographe n'a pas su utiliser la fonction anti-yeux rouges, c'est tout. Ne va pas ajouter des diableries à nos homicides, Étrela, c'est déjà assez compliqué comme ça.

Silencieux après la dégustation d'une crème brûlée, les deux hommes parcouraient du regard la décoration rustique mâtinée d'accessoires marins et sous-marins. Une affiche scotchée sur la portée d'entrée ancrait l'espace dans la région proche. En lettrines bleues 1900, la Bénédictine de Fécamp an-

51

nonçait une nouvelle exposition. Étrela se leva pour lire de plus près. L'œuvre reproduite en tons verdâtres paraissait obscure à cette distance et l'on ne savait trop s'il s'agissait d'une peinture figurative ou abstraite. « Première exposition internationale d'art sous-marin » titrait l'affiche. Une photographie sous-marine, ou peut-être une toile hyperréaliste, représentait une carcasse de voiture blanchâtre à l'arrière fuselé. L'avant indistinct disparaissait, écrasé parmi des rochers. L'épave était environnée de poissons et d'algues fantomatiques.

– C'est étonnant, dit Étrela en désignant l'affiche, cette voiture américaine me rappelle l'affaire de...

Il se ravisa. Mieux valait éviter de mentionner une enquête qui avait laissé son patron diminué d'une phalange d'auriculaire à la main droite[18]. De toute façon, le commandant ne semblait pas l'avoir entendu, plongé qu'il était dans la consultation des photos de l'appareil numérique. Il observa sur son visage les mêmes signes de fatigue qui le marquaient avant son accident cardiaque : le teint gris, les bajoues tombantes, les rides du front plus creusées qu'à l'accoutumée. Mais peut-être n'était-ce qu'un effet de lumière. Faidherbe releva la tête, souriant comme un enfant. Il venait de gagner dix ans d'un seul coup.

– Ces gens sont allés au casino. C'est amusant. J'irais bien au casino moi !

L'idée lui donnait meilleure mine. Étrela n'était pas dupe. Son chef avait sans doute repéré intuitivement un élément intéressant sur l'une des photographies. Comme le lieutenant l'avait déjà vu faire, Faidherbe n'exprimait encore rien de cohérent, qu'une envie soudaine, irrationnelle, comme un caprice puéril d'aller voir pour s'amuser.

– C'est interdit aux mineurs, patron...

18. cf. *Clou d'éclat à Etretat*, du même auteur.

Faidherbe le coupa. Il riait franchement.

– Et alors ? J'ai eu dix-huit ans hier... Ça se voit non ? n'essaie pas de me flatter en prévision de ta notation administrative, Étrela.

– Je disais ça en pensant à Spiros. Peu de chance de le trouver auprès d'une roulette, non ? Avec sa réputation en plus...

– J'avais compris... Ce gamin doit pourtant être une vraie anguille, propre à se glisser partout, à se cacher dans n'importe quelle anfractuosité, comme à l'abri des rochers reproduits sur ton affiche, tiens !... Et son père travaille là-bas, n'est-ce pas ? Bon, J'ai envie de me détendre, J'ai l'esprit joueur en ce moment !

Faidherbe agita d'un air candide le ticket de Millionnaire qu'il n'avait pas encore gratté devant un Étrela incrédule.

– J'y vais. À bientôt !

Il se leva et se dirigea vers la porte de sortie. Le lieutenant regarda à nouveau l'affiche puis s'entretint un instant avec le garçon. Il rejoignit le commandant qui s'éloignait déjà vers le casino.

– Je vais à Fécamp : le vernissage de l'exposition à lieu dans une heure...

Faidherbe se retourna et lui lança, le sourcil en accent circonflexe :

– Tu n'as pas mieux à faire ?

L'autre haussa les épaules.

– Comme vous, patron, je vais prendre un peu de bon temps, mais en m'instruisant, moi.

Des éternuements puissants firent se détourner les deux policiers vers le débouché d'une petite sente qui arrivait sur la rue, à deux pas au-dessus de l'hôtel.

53

Deux chiens, la truffe en l'air, tiraient leurs gendarmes, le bras tendu, les casquettes de guingois. Le groupe déboula sur la chaussée devant eux avec un nouveau tonnerre d'éternuements. Les gendarmes paraissaient pleurer, les bergers allemands gémissaient au bout des laisses, tirant les deux maîtres-chiens qui avançaient aveuglément dans des directions opposées. Faidherbe les reconnut : c'était les subordonnés du gradé furibond de la veille, à la plage. Il saisit la laisse de l'animal le plus proche qui commençait à s'égarer n'importe où en éructant.

– Des soucis, brigadier ?

Le gendarme reconnut Faidherbe entre ses larmes.

– Sais pas, mon commandant... On cherche Spiros..., vous savez, l'enfant de chœur d'hier... Rien chez son père, évidemment, alors on court les rues. En passant dans une des ruelles, les chiens se sont mis à tousser comme des phtisiques. On s'est penchés pour voir ce qu'ils avaient reniflé...

Le militaire ôta sa casquette et s'essuya le front d'un revers de main. Il avait le faciès normand, nez busqué, petits yeux bleus plissés, cheveux ras en couronne tirant sur le roux.

– Et comme eux : on tousse, on éternue, on tousse encore... continua son collègue qui parlait dans son mouchoir, les yeux rougis.

Le chien à ses côtés s'était allongé à l'ombre, les yeux humides, hoquetant, il paraissait aussi égaré que son maître, un petit bonhomme nerveux plein de tics.

– Ça doit être une plante quelconque, une espèce à pollen agressif, reprit le premier. En tout cas, plusieurs rues sont infestées parce que ça nous a repris au moins trois fois... Et dans la dernière rue, c'était l'enfer...

Étrela jeta un coup d'œil à l'entrée de la sente où il lut la plaque.

– « Sente des feux », tout s'explique !

Il s'accroupit à côté du chien et lui caressa doucement le museau. L'animal grogna un peu, mais l'instinct de corps lui avait fait reconnaître un collègue, supérieur de surcroît. Le policier passa les doigts à l'intérieur d'une fissure, entre le goudron de la chaussée et un muret, que la pluie d'orage avait épargnée.

– Elle ne serait pas du genre poivrier votre plante ? reprit le lieutenant à l'adresse des deux gendarmes.

Il tendit sa main où des particules concassées parsemaient le bout des doigts : du poivre noir.

– Bien flairé, Étrela ! Il doit sûrement leur manquer des poivrières ici... dit Faidherbe en désignant du menton la façade de l'hôtel restaurant.

– Bon sang ! Il nous en aura fait voir de toutes les couleurs, le Spiros ! s'exclama le petit nerveux qui avait compris. S'il en a semé partout en ville, on peut rentrer à la maison, brigadier !

– Tout à fait, répondit son collègue. Et je vais t'avouer que le Spiros, même avec le chien, il me fout la trouille depuis l'autre fois...

Le gendarme désignait une longue cicatrice transversale qui lui barrait le cou. Les deux policiers havrais se regardèrent. Ils pouvaient mettre un visage sur une des victimes du dossier Spiros.

Faidherbe s'éloigna vers le casino, laissant les maîtres-chiens se remettre de leur chasse infructueuse. Étrela partit à l'opposé récupérer sa voiture pour se rendre à Fécamp.

6

Un bar à cul bas

Le lieutenant parvint à Fécamp vers 15 heures. Le début du vernissage était fixé une heure plus tard. Il avait donc tout loisir de flâner un moment dans la ville basse. Il gara sa Clio devant une grande poissonnerie en face du bassin Bérigny. Il n'aurait qu'une rue à monter pour atteindre le Palais Bénédictine.

Afin de tuer le temps, il marcha d'abord tranquillement jusqu'à la plage, à l'ombre d'une enfilade de maisons de briques émaillée de restaurants, de magasins de souvenirs et d'articles de marine. Par curiosité, il mit le cap sur une statue en grès qui lui tournait le dos, celle d'une femme de marin attendant le retour de son mari, face à la mer. Elle avait de grosses mains d'ouvrière de pêcherie posées à plat sur sa robe, une attitude figée de stupeur ou d'angoisse. Mais c'est son visage qui frappa Étrela, une figure complètement effacée, rongée par le sel et les tempêtes. La pierre était plus sombre à cet endroit que sur le reste du corps, d'un marron qui s'étendait jusqu'au buste. Le lieutenant frissonna devant ce faciès évidé, pensant à ce que lui avait raconté Faidherbe à propos d'Ondine de Sainte-Bove disparue en mer.

Retournant vers les bassins, songeur, il passa jusqu'à l'avant-port sur l'estacade de bois. Quelques chalutiers sortaient en mer. Il crut apercevoir avec étonnement ce qui devait être un cochon de mer ou marsouin. L'animal surgissait par intermittences dans les vagues du chenal, apparition rare en ces eaux. Puis le policier revint s'asseoir sur un banc qui faisait face au port de plaisance. Il appela alors de son portable l'évêché du Havre. Une voix lui répondit. L'accent battait le sien.

– Dis donc, mon bésot, des keufs m'ont déjà appelé pour cette histoire. Tu s'rais pas un p'tit journaliste par hasard ?

Étrela reconnut l'abbé Vincœur. Au Havre, on l'appelait Vince. Blouson noir décoré de badges, rouflaquettes jusqu'aux lèvres et reste de banane à la proue d'un crâne déjà bien dégarni. Famille de dockers depuis trois générations. Ancien prêtre-ouvrier au quartier de l'Eure, motard dans les God's Angels et bassiste un temps des légendaires Little Bob Story. Il officiait désormais à l'évêché. La gendarmerie avait déjà dû l'appeler pour l'enquête. Le policier se présenta.

– O.K. J'vais t'dire comme aux aut' keufs, mon p'tit lieut'nant. Lecornuc, c'était un type bath – l'abbé Vincœur avait l'argot désuet – un mec irréprochable, super intègre. J'ai le blues depuis qu'il est parti. Rien à dire, un vrai pote de Dieu. Bon, O.K, sa grande affaire sur cette planète, tu vas rire, c'était justement la pêche : ça, oui, la pêche sous-marine, c'était son péché mignon, quoi. I' pensait qu'à ça, après le Seigneur bien sûr.

– Il pratiquait à Yport ? demanda le lieutenant.

– Dans un club, oui : les Yportnaucrates. Un nom à la con. Mes boss de l'Évêché ont fait une enquête à cause de ça, il y a quelques années. Tu penses bien, le porno, c'est sensible. Désormais on traque le détraqué à tous les étages de l'Église. Mais là, rien à dire. C'est seulement des obsédés des p'tits poissons. Ils les prennent en photo sous tous les angles, en artistes. Et le poisson chez nous, c'est sacré.

Étrela avait vaguement entendu parler de ces Yportnaucrates quand il fréquentait le club Éluard du Havre, où il avait décroché son niveau II de plongée. Il se souvenait avoir beaucoup ri du nom à l'époque avec ses collègues.

– Qui dirige le club ?

– Un richard, nommé Yannis Lorraine. Un type bien, tu sais. Il a participé à la réfection de l'église d'Yport qui se déglinguait du chapeau. Il voulait remercier le Seigneur de pas l'avoir trop amoché dans un accident de plongée. Bon, cela dit, il marche plus, le gars : maintenant, il roule dans un fauteuil.

– Il possède un bateau ?

– Oui, et un chouette : une espèce de goélette clinquante. Je ne me rappelle pas son nom... la *Galipette* ou un truc du genre. Ça sonne comme la *Calypso* mais en plus coquin...

– La *Callipyge*, une caïque blanche, voiles rouges ! coupa Étrela.

Tout en parlant, il avait observé un bateau de luxe amarré devant lui. C'était une version reconstituée de l'embarcation de pêche traditionnelle, mais plus grand, de la taille d'un yacht. Double mature, voiles pourpres repliées, pont soigneusement vernissé, cuivres rutilants. Une pièce métallique qui ressemblait à une sorte de berceau occupait le pont principal. Le nom du club pavoisait au sommet d'un mât.

– Exactement ! Dis donc, fils, si tu connais les réponses, je vois pas pourquoi tu me poses les questions. Y a qu'à confès et chez les keufs qu'on fait ça !

– Désolé... c'est justement que je suis devant le bateau, à Fécamp. Étonnant, non ?

– Non, mon p'tit pote, c'est que le Seigneur t'a posé au bon endroit.

Le policier raccrocha. Un club de plongée... l'abbé harponné était donc plongeur, ainsi que la mère de Grâce de Sainte-Bove qui, elle, était restée au fond. Armand le restaurateur, lui, plongeait dans son bac à homards. D'après la description de Faidherbe, sans faire déborder la moindre goutte d'eau : une immersion étrangement délicate... l'autopsie leur en apprendrait un peu plus. Bizarre en tout cas, comme tous ces gens se laissaient fatalement attirer par les fonds...

Le lieutenant Étrela regarda sa montre. Il allait pouvoir se diriger bientôt vers le Palais de la Bénédictine. Mais le soleil l'écrasait sur le banc de pierre où il était assis et son corps résistait à sa volonté amollie, l'esprit embrouillé par ces informations. Le clapotis argenté de l'eau auréolait le bateau de paillettes de lumières hypnotiques. Étrela admirait l'embarcation. Il se prit à rêver une autre vie, son regard suivant le jeu des vagues. Son esprit se promenait avec paresse dans un songe de régates ensoleillées sur des eaux transparentes pleines de poissons rares, des sirènes métisses alanguies sur le pont de son voilier. Fuir... là-bas fuir...

Il fut soudain réveillé de sa torpeur par un aboiement rauque provenant de l'habitacle. Il releva la tête. Trois individus sortaient sur le pont arrière qu'un taud protégeait du soleil. L'un d'eux, en chaise roulante, était encadré de deux hommes vêtus de costumes-cravates sombres : c'était certainement Yannis Lorraine. Étrela reconnut l'homme aux jumelles aperçu à Yport, la veille. Les deux autres portaient des pantalons coupés au-dessous des genoux, de faux shorts en flanelle comme seuls des couturiers branchés osent encore en dessiner. Pour compléter la panoplie, les deux sbires cachaient leurs yeux derrière des lunettes de soleil au *design* fusiforme et le sommet de leur crâne sous des bonnets noirs de marins.

Le policier entendit de nouveau cet étrange aboiement qu'on pouvait situer quelque part entre celui d'un phoque cacochyme et le cri d'une mouette enrouée. L'homme en chaise riait... Sa bouche restait pourtant droite comme la ligne d'horizon. Étrela comprit cela au vu du tremblement des épaules de Lorraine ainsi qu'à l'air réjoui de ceux qui l'encadraient. Il se leva et s'approcha de la partie du quai où était attachée la passerelle métallique.

Le groupe monta, passa à côté du policier, se dirigea vers la rue séparant la ville des quais. Yannis Lorraine était un homme d'âge mûr : haut du corps athlétique, visage anguleux et rasé de près, nez massif. Une figure d'ancien commando au menton prognathe, à la peau burinée, aux pommettes saillantes. Pas de regard visible. De grandes lunettes en écailles aux verres épais le masquaient. Le bas du corps était protégé par le même plaid écossais aperçu à Yport. Un des hommes en short de flanelle poussait la chaise. L'autre ouvrait la marche avec des attitudes de garde du corps paranoïaque, la tête pivotant frénétiquement de gauche à droite et de haut en bas. Étrela ne fut pas surpris de les voir emprunter la rue qui montait vers le Palais Bénédictine. Il les suivit à distance.

Les trois hommes tournèrent en haut de la rue, longèrent le pignon est de l'édifice, montèrent à l'ombre devant la grande véranda du café afin d'atteindre l'entrée du public, de l'autre côté. La façade principale de la Bénédictine apparut en pleine lumière avec son architecture aussi éclectique qu'invraisemblable, une folie d'inspiration gothique et Renaissance, du Viollet-le-Duc à la sauce normande à briques et pierres disposées en damier, à toitures d'ardoises surmontées de multiples flèches dont une, dotée d'une horloge, dominait la ville de son élan extravagant.

Ils passèrent une grande grille ouvragée à blasons dorés et entrèrent dans la cour pavée du palais fécampois en même temps que des groupes disparates. Certains, sans doute invités au vernissage, notables et esthètes de la région, se reconnaissaient à leurs habits soignés, vestes et cravates pour les hommes, écharpes de soie et robes longues pour certaines femmes. D'autres en tenues estivales légères venaient vraisemblablement visiter le musée de l'abbatiale consacré à la fameuse liqueur.

Étrela était plutôt accoutré comme les seconds avec ses sandales et ses jeans. Sa carte de police présentée discrètement ferait sans doute l'affaire pour s'immiscer parmi les invités au vernissage. L'homme en chaise était déjà à l'intérieur. Le policier poussa une porte basse au bois épais, entra en se baissant dans un vestibule. Là, il pouvait aller tout droit vers l'espace dégustation ou prendre à gauche vers les salles d'exposition. Il se promettait de goûter à la liqueur des Legrand plus tard, resté sur de vagues souvenirs de repas de famille d'enfance où il n'avait eu le droit de la siroter que du bout des lèvres.

Il se dirigea vers les salles d'art qui bruissaient déjà de visiteurs chuchotant, comme respectueux dans un temple consacré. Nul doute que le paralytique se trouvait ici et qu'il était connu de tous. De fait, Étrela l'aperçut au centre de la pièce, en discussion avec les premiers arrivés. Le policier se présenta à l'accueil. Sans invitation, pénétrer dans le saint des saints s'avérait cependant délicat : une silhouette massive aux épaules démesurées barrait l'entrée.

Une femme, −taille immense, tête minuscule aux cheveux blonds très courts sous un petit bonnet noir−, était plantée en faction, les mains derrière le dos, le menton dressé. Étrela eut une réminiscence d'images télévisées de nageuse est-allemande de la période communiste, gonflée aux hormones.

L'agente de sécurité portait un tee-shirt imprimé de l'association des Yportnaucrates ; y figurait un dessin de tuba greffé à un appareil photographique accompagné du slogan *KATΩ TE KAI ANΩ*[19].

Étrela jugea bon d'éviter d'exhiber sa carte de police. Il préféra un plan alternatif : envoûter la bête. Alors, dans une improvisation inspirée par la musique orientale qui sortait des enceintes de la salle, le lieutenant se mit à onduler du corps tout en agitant les bras dans un mouvement serpentin. C'était une figure apprise en compagnie de son épouse pendant les séances de danses auxquelles Roseline l'avait entraîné pour soulager son stress de policier débutant. Étrela avait parié avec un collègue de l'utiliser un jour lors d'une mission. Pari gagné.

Les deux pupilles d'acier de la sirène le fixèrent avec un regard de merlan frit. Le sourcil droit se leva cependant.

−Vous reconnaissez ? demanda le lieutenant.

−...

Étrela poursuivait sa gesticulation ondulatoire.

−Les barracudas ? La danse des barracudas ! David Doubilet. Pas David Douillet, l'acrobate des tatamis, hein, mais le photographe plongeur new-yorkais, dans la revue *National Geographic*, vous voyez, non ?

Une timide virgule se dessina sur le coin des lèvres minces de la femme.

−Je connais. Enfin... pas personnellement... ses photos... oui... bien sûr.

Une toute petite voix, à la fois cristalline et grinçante, de fillette timide. Elle paraissait émue à l'évocation de l'homme

19. *KATΩ TE KAI ANΩ* : de fond en comble.

que les passionnés de photographie sous-marine adulent, comme l'attestaient les deux ronds couleur cyprin des îles qui teintaient le milieu de ses joues. Le reste de la face gardait le teint livide d'un os de sèche. La sirène de sécurité semblait mordre. Le policier en rajouta.

– ...Les barracudas virevoltant autour du plongeur ! Quelle merveille !

– Oui ! Je connais... Magnifique cliché ! Réalisé avec deux flashes à distance de l'objectif, très beau travail.

– Madame est connaisseuse ! David est déjà arrivé, non ? continua le policier, en regardant derrière la femme.

– Parce que David Doubilet doit venir ?

Le cerbère à la voix d'enfant consulta en panique des fiches en tas sur un comptoir, à côté d'elle. Les petites rougeurs sur ses joues étaient devenues de larges auréoles écarlates qui s'étendaient jusqu'aux oreilles.

– Bien sûr..., s'empressa de confirmer Étrela, David m'a dit qu'il serait là vers quatre heures. Mais, chut ! C'est une surprise pour le monsieur en chaise, là-bas...

Étrela désignait le groupe restreint encerclant le paralytique à la figure de parachutiste. On entendit grincer son rire de phoque. La femme tourna la tête. Étrela reprit :

– Je ne me souviens plus de son nom... David me l'a dit... je suis son agent en France.

Il claquait des doigts en prenant un air réfléchi.

– Monsieur Lorraine.

– Oui, c'est ça, monsieur Lorraine. Il est du coin non ? Il a une maison à...., comment déjà ? Ah... je ne suis pas du coin...

Nouveaux claquements de doigts.

– Yport.

– Exactement. David y est passé une fois, je crois... En tout cas, ne lui dites rien à son propos, on ne sait jamais, s'il avait manqué son avion... M. Lorraine serait déçu. Bon, écoutez, je vais entrer, David me rejoindra à l'intérieur...

– Ah ?

Étrela contourna prudemment la femme, frottant involontairement un fessier monumental de Vénus hottentote qu'il n'avait pas soupçonné de face.

– Attendez ! Vous vous appelez... monsieur... ?

– ... Coustot..., Pierre, Pierre Coustot... photographe à Paris...

C'était tout ce qu'il avait trouvé, inspiré un peu hâtivement par le bonnet du cerbère. Les deux sourcils de l'agente de sécurité se haussèrent à l'énoncé du nom. Elle porta une main à la poche latérale de ses pantalons de treillis. Le barracuda allait en tirer un coutelas et découper l'intrus en menus filets, sûr. C'était râpé.

En une ultime tentative pour l'amadouer, Étrela dessina dans l'espace un o de son index touchant le pouce, signe rassurant des plongeurs.

—Mais Coustot avec un o, hein, pas comme l'homme au bonnet rouge.

Au final, la femme sortit un simple stylo. Le policier passa, stupéfait de voir son nom d'emprunt idiot rajouté scrupuleusement sur la liste des invités.

7

De l'art et du cochon de mer

Le lieutenant pénétra dans la première salle à laquelle la voûte donnait un aspect de chapelle. On distinguait une niche au fond de la longue pièce étroite où était installé un aquarium. En fond sonore *La Mer* de Debussy baignait le lieu d'une ambiance aquatique *ad hoc.* De temps en temps se faisaient entendre les aboiements de phoque de Lorraine. Il virevoltait sur sa chaise roulante d'œuvres en œuvres, suivi de quelques invités qui esquivaient de justesse un écrasement de pieds par les roues du fauteuil.

Étrela s'approcha des clichés photographiques et lut d'abord la plaquette de présentation affichée à côté de la première série : *Le* Submarine art *est né en avril 1980. Ce jour-là, un hasard malheureux fait tomber accidentellement au fond un bassin du port de Newark l'œuvre maîtresse du New-Yorkais Jefferson Duckley, The Sirene , un mobile bicolore de verre et d'acier de sept mètres d'envergure. L'œuvre s'apprêtait à rejoindre le grand salon du paquebot Norway, ex France. Afin de défendre auprès de ses avocats son renflouement par les assurances, l'artiste, plongeur confirmé, n'a alors de cesse d'aller photographier The Sirene au fond de son bassin durant les huit années que dure la procédure.*

En 1988, voulant sensibiliser le milieu artistique new-yorkais et des donateurs potentiels à sa cause, l'artiste prépare une exposition de clichés sous-marins de The Sirene. Les critiques sont stupéfaits : les séries de photos montrent une résonance remarquable des couleurs et des formes de l'œuvre baignant parmi les eaux troubles du bassin. On baptise Submarine art cette nouvelle forme de performance artistique. Cependant, le milieu intellectuel new-yorkais la traite de « bullshit for yuppies[20] ». *Le malheureux Jeff Duckley n'est donc pas reconnu. Il perd même son procès. De rage, en 1989, Duckley précipite dans la baie d'Hudson toutes ses sculptures, apportées à grand renfort de camions-bennes. Ce que tous considèrent comme une nouvelle performance des plus osées le ruine définitivement et l'envoie à son tour devant un juge. Les œuvres immergées sont dès lors l'objet de visites régulières par des plongeurs artistes qui les photographient sous tous les angles (voir salle 2). À ce jour, Jeff Duckley demeure l'hôte d'une prison psychiatrique de l'État du New Jersey.*

Encore très controversé, pratiqué souvent sans autorisation des autorités maritimes, le Submarine art a fait de nombreux émules aux États-Unis, en Australie et en Europe. Deux écoles s'affrontent. Pour les uns, tenants radicaux d'une contemplation in situ *des œuvres, c'est un art d'initiés réservé à des plongeurs confirmés. D'autres, comme les Yportnaucrates de la cité balnéaire d'Yport, en Normandie, diffusent leurs créations au moyen de tirages photographiques numérotés en quantités limitées, très prisés des collectionneurs. L'art marin se double alors d'un art photographique dans la lignée de celui de Duckley. Ce sont les œuvres qu'on peut voir ici.*

Les submarine artists *se définissent avant tout comme les auteurs d'immersions d'objets, «* the immersion act *», selon l'Yportais Yannis Lorraine.*

La série de photographies montrait un buste de bronze posé sur un rocher élevé, comme sur une sorte de piédestal naturel : le visage, aux traits anguleux et au menton prognathe, était surmonté d'un petit bonnet. On voyait les différentes étapes de sa métamorphose sous-marine. Le mécène immergé semblait grimacer aux premières concrétions sur l'une des images suivantes, un crabe sur le nez. Le dernier cliché le voyait coiffé d'un chapelet de varech verdâtre, le visage décomposé par l'accumulation de dépôts. Une indication géographique indiquait l'emplacement de l'œuvre, à un mille au large d'Yport.

20. « foutaises pour bobos ».

Étrela suivit les murs de la salle vers les séries suivantes qui présentaient en des alternances de noir et blanc, couleurs ou sépia, d'autres objets aussi inattendus que des réfrigérateurs pleins à craquer, un bidet bleu blanc rouge, un ensemble entier de mobilier de bureau avec tous les accessoires, tout ça déposé en différents emplacements de fonds marins européens. Les Ypornaucrates se montraient même des *submarine artists* radicaux : Étrela crut reconnaître une carcasse de vache flottant entre deux eaux, installée en face des Petites Dalles, les pattes retenues au plancher marin par des guirlandes lumineuses.

Au fond de la salle, devant l'aquarium, le policier découvrit la reproduction d'une carte localisant l'emplacement d'une œuvre à venir, intitulée « *Mon Ondine dort là* ». Dans l'aquarium, les éléments naturels étaient réalistes, soigneusement installés par un maquettiste méticuleux. L'artisan y avait reproduit des fragments d'épaves, des casiers de pêcheurs, tous les mouvements du sol avec ses aspérités les plus subtiles, bancs de sable et saillies rocheuses. Seul un dauphin en plastique bleu posé sur le fond détonnait avec le souci réaliste de l'ensemble. Des vaguelettes animaient la surface d'une eau un peu verdâtre comme la Manche les jours de gros temps.

Étrela cherchait derrière l'installation quel mécanisme produisait ce jeu de vagues quand le tintement d'une cloche de navire retentit derrière lui. Il se retourna. La nageuse est-allemande, ayant achevé le filtrage des entrées, était devenue maîtresse de cérémonie. Elle sonnait le rassemblement des troupes dans la salle d'exposition contiguë. Le policier changea de pièce.

8

La pythie des sushis

Autour de Yannis Lorraine -encadré de part et d'autre de la chaise roulante par ses deux sbires- s'étaient rassemblés tous les invités au vernissage. Ils n'étaient pas bien nombreux. Une trentaine tout au plus. Des *aficionados* au sourire béat, habillés comme des croque-morts, attendaient silencieusement le discours que Lorraine s'apprêtait à lire sur une fiche bristol qu'il tenait dans sa main gantée. Parmi ces gens, Étrela reconnut à ses cheveux courts dressés, lustrés de brillantine au-dessus d'une figure de hérisson, le médecin qui était intervenu sur la plage. Son regard exprimait l'admiration intense que le docteur portait au maître de l'art marin.

Lorraine commença :

– Mes chers amis... beaucoup d'émotion... en ce jour de...

Les paroles étaient presque inaudibles, portées par une voix de gramophone fatigué. Les auditeurs se penchèrent au-dessus de la chaise, cous et oreilles tendus vers les bribes de discours qui leur parvenaient. La nageuse est-allemande intervint en technicienne : elle tendit un micro à Lorraine, branché à un petit amplificateur qu'elle portait sous son bras. La voix chevrotante hurla alors dans la pièce entre deux larsens.

– Oui, c'est avec une grande émotion que s'ouvre aujourd'hui la première exposition internationale de *Submarine art...*

– Pollueurs ! Laissez la mer tranquille !

Une autre voix amplifiée répondit à celle de Lorraine, plus compréhensible bien que plus lointaine. Elle venait de l'extérieur. Les deux sbires se précipitèrent vers la sortie. Les paroles de Lorraine reprirent, réverbérées avec un écho sépulcral à l'intérieur de la vaste salle comme un chant de baleine intelligible.

– Et J'aurais d'abord une pensée pour ma si chère Ondine à qui cette merveilleuse exposition est dédiée...

– Ordures ! Salopeurs des mers !

Étrela se dirigea vers une fenêtre. Un groupe d'une vingtaine d'individus s'était rassemblé dans la cour du palais, brandissant pancartes et banderoles. Ils tapageaient énergiquement avec toutes sortes d'objets sonores, casseroles, cornes et crécelles. Le lieutenant reconnut, pour les avoir déjà aperçus au cours de manifestations havraises, le *leader* à rouflaquettes de la Confédération Maritime, celui qui tenait le porte-voix, trois ou quatre membres de Greenpeace ainsi que des Chevaliers du Développement Durable, un nouveau groupuscule de défenseurs de l'environnement un peu plus radicaux que les autres, surveillé de près par les collègues de la toute nouvelle Direction Centrale du Renseignement Intérieur[21]. Le *Submarine art* avait donc bien tous les charmes de l'avant-garde : aux performances provocatrices répondaient les opposants farouches. Les deux parachutistes en culottes courtes se jetèrent au milieu des activistes, distribuant torgnoles et coups de poing, jetant à terre bannières et calicots. La nageuse est-allemande surdimensionnée intervint à son tour en neutralisant le porte-voix. Elle fit grosse impression. Même les plus déterminés s'écartaient sur son passage. Très vite, les manifestants, plus gueulards que violents, évacuèrent la cour du palais puis battirent en retraite en direction du bassin, reprenant leurs slogans au bout la rue, quand il se sentirent hors de portée de ces brutes.

Lorraine, lui, s'égosillait toujours en hommages dithyrambiques aux artistes présentés. Il évoqua ensuite un grand projet qui porterait les Yportnaucrates au pinacle des sous-mariniers des beaux-arts.

– ... et le plus splendide des hommages, mon Ondine, ma sirène, te sera bientôt rendu là où ton âme se débat au sein

---

21. Direction Centrale du Renseignement Intérieur : organisme réunissant depuis le 1er juillet 2008 les anciens Renseignements Généraux et la Direction de la Surveillance du Territoire jusqu'en 2014 où elle s'est muée en Direction Générale de la Sécurité Intérieure.

des ténèbres marines, prisonnière des chaluts perfides et autres filets scélérats...

Le poing dressé, les yeux humides, le paralytique trémulait de sa voix rouillée qu'amplifiait la sonorisation. Le discours prit fin. L'émotion fanatique était palpable. Tout ça sentait la dérive sectaire.

Il ne serait pas facile d'obtenir auprès de ces esthètes enragés des informations sur les liens que certains devaient entretenir avec les victimes d'Yport. Étrela se dit qu'il faudrait tenter l'intrusion habile dans le milieu, rappeler les vieux souvenirs de plongée sur le Havre. Quitte à devoir se frotter de nouveau à la nageuse baraquée. La walkyrie des mers était d'ailleurs revenue, s'affairant autour du buffet qu'elle garnissait. Elle se montrait aussi à l'aise à la distribution de petits fours qu'aux moulinets de gnons. Un petit bonhomme en vareuse blanche virevoltait autour d'elle, l'aidait par des allées et venues entre la salle et l'office qui se trouvait derrière le comptoir à dégustation, dans la grande serre.

Étrela s'approcha de plats exposés, applaudissant déjà de l'estomac au buffet. Mais... quoi ? on ne servait que du poisson cru ! Arrosé de Bénédictine. Il décida de quitter l'exposition.

La voix de Lorraine interrompit son mouvement.

– Mon Rimbe, déclame-nous quelque chose et fais voler les poissons !

Lorraine s'adressait au petit serveur en vareuse blanche, de dos devant Étrela. Le paralytique avait maintenant tout du phoque, applaudissant furieusement et aboyant de son rire enroué. Le lieutenant se mêla aux invités en cercle. Celui que Lorraine avait appelé Rimbe était un adolescent à l'âge indéterminé. La mèche en bataille, les yeux torves... Il sembla à Étrela que c'était le gamin de la photo, l'enfant de chœur psychopathe : Spiros ! Ça valait la peine de rester encore un peu.

Le garçon déclama d'abord haut et fort d'une voix profonde, distinguant savamment les syllabes :

– *Les chars d'argent et de cuivre*

Il avait pris un morceau de poisson entre ses doigts. Campé à deux mètres de Lorraine, il le lança devant lui comme on jette un appât ou une boule de pétanque, en pointant. Lorraine goba la gourmandise en pleine course par un déplacement vif de sa chaise sur les roues arrière.

– *Les proues d'acier et d'argent*

Deuxième lancer. Lorraine saisit le poisson au vol d'un claquement de museau.

– *Battent l'écume,*

Soulèvent les souches des ronces

Deux sushis par vers maintenant ! Puis trois au suivant. Et en rythme encore !

– Hein ! Hein ! Hein ! Il est terrible, mon Rimbe. Il parle tout en illuminations ! C'est notre pythie d'Yport ! Bravo ! triomphait Lorraine en postillonnant des miettes de poisson.

L'assemblée applaudit. Habitués à ce genre de frasques, les invités rigolaient aussi. Le médecin s'esclaffait à se tordre. Le garçon déclama la fin de son poème, le regard halluciné, puis regagna l'office sans un mot de plus.

Étrela le suivit. Il allait prétexter une allergie au poisson cru pour réclamer un biscuit. Et essayer de cuisiner un peu le présumé Spiros. Le lieutenant trouva l'adolescent seul, en train de découper des filets à grands coups de lame de couteau de plongée.

– Bravo ! Un sacré numéro de poésie au lancer !... J'apprécie... Vous n'auriez pas un biscuit par hasard ?... Parce que, moi, le poisson cru...

Le garçon abattait son couteau en rythme sur la chair d'un bar qui se transformait en petits cubes réguliers. Il ne semblait pas s'être aperçu de la présence du policier. Il piqua ensuite ses cubes de fines pointes repliées à leur extrémité et reliées à des fils comme un chapelet d'hameçons avec la dextérité d'un cuisinier asiatique. Il saisit ensuite un autre poisson par l'extrémité de la flèche de harpon qui le transperçait encore et s'apprêtait à renouveler sa préparation.

Étrela se rapprocha, tenta une nouvelle ouverture :

– Monsieur Lorraine vous admire, c'est évident. Vous êtes son fils, un neveu ?

L'adolescent s'arrêta net. Il tourna mécaniquement sa tête vers Étrela. Un regard vide aux yeux presque vitreux, la pupille noire flottant au milieu d'une solution aqueuse. Moins expressif même que celui du poisson transpercé sur sa planche de bois. Il leva sa lame de couteau vers le plafond. Étrela recula. Mais le garçon parla distinctement, en détachant ses syllabes :

– *Je serai bien l'enfant abandonné sur la jetée partie à la haute mer, le petit valet suivant l'allée dont le front touche le ciel.*

Ce gamin avait décidément tout de l'illuminé. Il se remit à la tâche, ignorant de nouveau complètement la présence du policier. Puis il sortit de l'office avec son chapelet de sushis en laissant le curieux sur sa faim.

Étrela suivit le jeune voyant, bien décidé à le faire parler en phrases intelligibles. Il le retrouva dans la pièce d'exposition où le garçon faisait le service. Pour se donner une contenance, le policier s'octroya une bénédictine.

Deux verres supplémentaires plus tard, il aperçut Lorraine saisissant le garçon par le bras et lui chuchotant quelque chose à l'oreille en lui désignant le cadran de sa montre. L'adolescent, abandonnant aussitôt sa grappe de poissons au paralytique, s'éloigna à toute vitesse.

Le lieutenant emboîta le pas au gamin. Celui-ci avait emprunté le chemin des visiteurs du musée et monté quatre à quatre l'escalier qui menait à l'étage. Le policier suivait un peu péniblement, assommé par les effets de la liqueur. Il aperçut cependant son Spiros filer dans un corridor aux fenêtres en ogives, puis il vit encore sa vareuse blanche traverser la salle aux épices comme une flèche. Après un autre couloir, Étrela s'avança prudemment vers la pièce où venait d'entrer le garçon. C'était la salle Alexandre Legrand, l'inventeur de la célèbre liqueur.

D'immenses fenêtres en demi-lune sur la gauche versaient la lumière dans la vaste pièce. Le plafond en bois, avait la forme d'une coque de bateau retournée, simulant une haute nef d'église sous laquelle un ensemble d'objets divers présentait les activités de l'établissement. Le centre de la salle était occupé par une grande maquette du palais Bénédictine et par une large pyramide de verre contenant les contrefaçons de la fameuse liqueur, installée sur un coffrage de bois. Là, Étrela vit les jambes du garçon s'agiter au niveau d'une trappe, puis son corps entier disparaître à l'intérieur du coffrage.

Étrela s'avança discrètement, vint se cacher non loin, derrière un grand tonneau posé sur un berceau de bois. Fallait-il intervenir ? Il était seul. C'était inhabituel, on approchait toujours au moins à deux d'habitude. Encore une fois, il n'était pas en service... mais qu'est-ce qu'il faisait dans cette galère ! Il forçait sa nature : il devait se rendre à l'évidence, il avait encore la trouille ! Un pétochard, voilà ce qu'il était, voulant sans cesse conjurer ses phobies par des exploits au-delà de ses forces mentales. Et même ce gamin – un brin psychopathe, il est vrai – lui faisait peur, comme aux collègues gendarmes d'ailleurs.

Le lieutenant rageait, les mains crispées sur le tonneau dont il s'aperçut alors qu'il s'ouvrait à la manière d'un coffre. Une porte avait été découpée sur le cylindre pour en faire un bar certainement. L'intérieur vide ne sentait que la cire d'antiquaire.

Étrela attendit un moment. Le gosse ne ressortait toujours pas. Il fallait agir. Le policier s'approcha finalement du coffrage, s'accroupit et tendit l'oreille au niveau de la trappe par laquelle le garçon avait disparu. On entendait des petits bruits métalliques sous la pyramide. Étrela se décida et ouvrit. Merde, après tout, il n'avait affaire qu'à un gamin ! Il aperçut alors le Spiros qui, à la lumière d'une lampe électrique, trifouillait quelque chose au niveau du plafond sous un angle de la pyramide.

– Salut Lamartine... alors, on compose dans son antre ?

La lampe s'éteignit. Noir complet. Étrela entendait la respiration haletante du garçon. Ou était-ce la sienne propre ? Son regard fouillait désespérément l'obscurité. Son corps à demi introduit à travers la trappe coupait toute clarté extérieure. Le policier ressentit soudain une vive douleur au niveau du cou. Il ressortit vivement et porta une main au point douloureux : il saignait. Un petit morceau de métal était fiché dans sa peau : un hameçon ! Le salopiot lui avait fait le coup de l'hameçon ! Étrela l'ôta, s'arrachant au passage un bout de peau, en grimaçant de douleur. Heureusement le crochet n'était que de dimension réduite, la plaie était superficielle : le gosse n'avait pas tiré dessus. La trappe s'ouvrit tout à coup. Le prétendu Spiros sortit alors de la pyramide comme un projectile, alla rouler sous la maquette et se releva d'un bond, juste derrière. Le gosse s'adressa au policier sidéré en le pointant du doigt.

—*Je suis l'autre ! Je suis l'autre maintenant ! Je lance un coup d'archet : la symphonie fait son remuement dans les profondeurs, ou vient d'un bond sur la scène !*

Il déclamait encore, le regard fou, s'agitant comme un possédé.

« Ce gosse est vraiment dingue ! » pensa Étrela qui titubait, étourdi par ce qui venait de se passer. Il vit alors le garçon regagner sa cachette aussi vite qu'il en était sorti, par une reptation accélérée jusque sous la maquette. Le lieutenant essaya de recouvrer ses esprits. Que pouvait-il faire d'autre à présent que partir ? Il n'allait quand même pas tenter d'extraire le dingo juvénile de son trou, une nouvelle fois, comme une étrille sous son rocher ! Ce petit dingue paraissait aussi agressif qu'imprévisible. Alors ? Avec quel instrument le déloger ? Et qu'est-ce que le gamin pouvait bien trafiquer là-dessous ?

Le policier allait renoncer quand il se figea. Des pas lourds... Quelqu'un venait. Étrela aperçut au fond du couloir une silhouette massive approcher, les teintes bigarrées d'un treillis. La nageuse hottentote ! Étrela tourna deux fois sur lui-même, se précipita sur une porte qui était fermée. La pièce, aussi vaste fût-elle, était un piège. Où fuir ? Où ne pas fuir ? Où se cacher ? Le gamin fou occupait la seule cache possible... Le tonneau ! Oui. Il restait le tonneau. Il passa à l'intérieur et referma la porte avec ses pieds. Un peu brutalement peut-être. Il y eut un fort craquement qui pouvait trahir sa présence. Il entendit les pas lourds de la nageuse sur le plancher. Elle passait à côté, continuait en direction de la pyramide. Elle n'avait rien vu et entendu, semblait-il, attribuant sans doute le craquement au gamin qui bricolait à l'intérieur de sa cache. Elle lui parla.

– Tu as fini, Rimbe ? On part. Ton père t'attend. Presse-toi, ils vont fermer.

On remua. Le gamin devait sortir. Des pas encore, dans la direction opposée maintenant. Puis le silence. Étrela attendit un bon quart d'heure, recroquevillé sur le fond cylindrique de son tonneau, immobile, pareil au bulot à l'abri de sa coquille. Il fit passer encore un quart d'heure par sécurité et se décida à sortir. Il poussa des pieds la porte. Rien. Il essaya avec les mains. Pas mieux. Avec les pieds et les mains enfin.

– C'est bloqué, nom de Dieu !

Il était coincé dans son tonneau ! Il s'agita alors vivement, pris d'une panique claustrophobe et faillit appeler à l'aide sa maman. Il fallait décoincer cette porte qui devait s'être bloquée à la fermeture. Ce n'était rien qu'un jeu des lattes de bois, il suffirait de forcer un peu. Sortir à tout prix. Il força. La porte ne bougea pourtant pas d'un centimètre. Le tonneau, si. Il se décrocha de son berceau et commença à rouler tranquillement à travers la pièce en fonction de l'agitation du policier, transformé dès lors en un hamster géant dans sa roue improvisée.

La barrique traversa la pièce en zigzaguant puis vint s'échouer au niveau de l'autel de la fausse nef, la porte contre le plancher.

Étrela était épuisé. Le balancement du tonneau encore instable, l'émotion due aux évènements, au moins sept verres de liqueur fécampoise avalés, la popote des antiquaires plein le nez... Le policier finit par sombrer dans un demi-sommeil cauchemardesque. Il s'y voyait l'objet d'un *immersion act* au large de la plage de son enfance, aux Petites Dalles. Un fanion se balançant au sommet d'une bouée signalerait la présence à l'aplomb d'une œuvre d'art intitulée *Policeman in barrel*[22].

Quand il se réveilla, l'estomac au bord des lèvres, un parfum de sang au creux des narines, quatre heures avaient passé à sa montre. Quatre heures ! Il était presque vingt-deux heures ! Le policier tenta une nouvelle sortie, mais n'insista pas. Ses articulations étaient au bout du rouleau. Il n'avait plus la moindre force. Il fallait se résoudre à appeler, si toutefois son portable passait les parois de son tonneau. À cette heure, le Palais était certainement vide. Inutile d'essayer là. Les gendarmes ? Il donnerait de quoi rire à ses dépens à trois promotions au moins.

Il appela d'abord sa femme afin de la rassurer. Roseline commençait effectivement à s'inquiéter, mais avait l'habitude de ses horaires fluctuants. Vingt-deux heures, c'était encore raisonnable. Étrela n'osa pas lui dire où il se trouvait, préférant lui laisser quelques illusions quant à ses performances de super flic. Il prit des nouvelles d'Olga pour noyer le poisson. Puis il appela Faidherbe... Le commandant ricana d'abord à l'exposé de la situation, l'invitant à patienter à l'intérieur de sa barrique.

– Merci... je n'en attendais pas moins de vous, répondit Étrela dépité.

– ....

– Au fait, j'ai vu le gamin...

– ...

– Oui, Spiros, il faisait le service au vernissage. Il est complètement barge, il m'a même balancé un hameçon dans le cou. C'était lui, c'est signé !

–...

– Patron ?

–...

– Hein ? Vous avez vu aussi Spiros ?.. C'est pas possible !.. Mais ce gamin est vraiment incroyable, patron. D'abord, il parle comme un oracle. Puis il a le don d'ubiquité. Oui ! J'ai lu un truc de ce genre dans *la Revue de l'étrange*. Un

22. *Policeman in barrel* : Policier en baril.

prêtre, le Padre Pio, avait ce don d'être à deux endroits diffé-
rents au même moment. Au Vatican et en Afrique à la fois ! ...
Si ! Des témoins l'affirment... Patron ?.. Commandant ?.. Allô ?..
Êtes-vous là ?

9

Le cou de Grâce

La veille de ces évènements fécampois, Faidherbe avait quitté les deux maîtres et leurs chiens, tous les quatre éternuant le poivre en poudre répandu par le jeune Spiros dans tout Yport. Il allait prendre à gauche la rue vers le casino quand se profila, en face et en contrebas, la silhouette massive du brigadier Baudoin. En compagnie de son adjoint, le gendarme longeait la plage en direction du parking. Toute la brigade était décidément de sortie pour la chasse à l'enfant.

Le policier obliqua vers eux. Baudoin aussi avait aperçu le commandant. Quand ils se croisèrent, il adressa à Faidherbe un salut militaire puis, la main ouverte devant la poitrine, index tendu vers le haut, face cramoisie et congestionnée, lui signifia par ce geste que le petit adjudant-chef Jauvert était dans les parages supérieurs à les espionner.

– Nous avons une belle après-midi de plein air, d'iode et de soleil. Les malheureux qui découpent les cadavres ne peuvent en dire autant, lança joyeusement le policier.

Baudoin saisit la perche que Faidherbe lui tendait. Il répliqua en esquissant un sourire poli comme s'il répondait à une banale civilité :

– Et serait fou qui ne nous envierait pas nos parties de mer !

Le commandant avait son renseignement : le docteur Léonard Foutel était chargé de l'autopsie. Faidherbe le connaissait assez bien pour obtenir directement de ce légiste les renseignements dont il avait besoin. Il remercia Baudoin en formant un o avec le pouce et l'index droit.

Les deux gendarmes reprirent leur route vers leur fourgonnette. Faidherbe continuait en direction de la plage, machinalement, à la recherche inconsciente d'une silhouette sculpturale étendue sur une serviette. Il se sentit déçu de ne pas apercevoir celle qu'il cherchait. Peut-être la blancheur éblouissante des galets lui dissimulait-elle la naïade ou le vent qui s'était levé avec la marée, un peu frais, l'avait-il déjà chassée du bord de mer.

Le policier rebroussa chemin vers la cabine téléphonique. Les portes s'ouvrirent à contrecœur, émettant un gémissement métallique. Il sortit son petit carnet de téléphone avant d'avoir tiré complètement à lui les battants. La feuille pliée en deux qu'on lui avait donnée au café, coincée par le carnet, sortit de sa poche. Elle fut aussitôt emportée par le vent. Faidherbe fit quelques pas à sa poursuite, puis renonça, trop essoufflé pour aller plus loin. Il vit disparaître le bout de papier d'abord en direction de la terre puis, prenant de l'altitude, vers la mer avec les acrobaties d'un gros papillon bleu qui d'un seul coup de trompe aurait bu un litre de gin au creux d'un calice. Il ragea de sa maladresse. Certes il avait pris soin de noter les numéros dans son carnet, mais il pouvait s'être trompé sur un chiffre ou deux ; c'était embêtant de ne plus pouvoir vérifier. Il regagna la cabine.

– Docteur Foutel ? Commandant Faidherbe. Vous avez hérité d'un cadavre venu d'Yport ce matin, cela m'arrangerait de savoir exactement de quoi est mort ce pèlerin. Entre nous, ça m'étonnerait qu'il se soit noyé au fond de son bac à poissons.

Au bout du fil, il y eut un instant de silence. Le légiste était partagé : il savait que cette affaire-là n'était pas du ressort du commandant. D'un autre côté, il aimait bien Faidherbe. Foutel partageait avec sa femme une passion effrénée pour la restauration de meubles. Le médecin décervelait et étripait des cadavres pas toujours très frais tout en donnant la recette de la garbure bigourdane ou du baeckeofe alsacien en salivant mais ne supportait pas de voir des chaises de style rester crevées ou éventrées. Le commandant à l'occasion de ses déplacements lui signalait de belles pièces chez les brocanteurs

– J'ai à peine commencé à le découdre, on me dérange sans cesse ; si vous voulez avoir tous les détails sur l'intimité

78

anatomique du bonhomme, il faudra rappeler plus tard, commença par bougonner le légiste.

– Ne me faites pas bouillir, Foutel, je ne m'intéresse qu'aux poumons. Les poumons ! vous dis-je, insista le commandant, parodiant Molière.

– Ça ne me fait pas rire, je suis pressé, Faidherbe : le client des gendarmes a reçu un coup violent sur le bocal avant de plonger dans l'eau. Il s'est noyé parce qu'on l'a assommé. Je ne vous ai rien dit, d'accord ?

—Je vous revaudrai ça en barreaux de chaise. Merci, docteur.

Il allait raccrocher. Il entendit qu'à l'autre bout Foutel toussotait.

– Hum, je ne voudrais pas me mêler de vos affaires..., commença le médecin.

– Mais vous allez le faire quand même, rétorqua Faidherbe.

Foutel sembla prendre cela pour un encouragement à poursuivre.

– Si je ne me trompe pas, vous êtes encore en convalescence et en cours de rééducation. Je m'inquiète à votre sujet : votre cardiologue vous a permis de reprendre le boulot ? Il y a à peine trois semaines depuis votre accident cardiaque. C'est sérieux, un truc comme le vôtre.

– C'est très aimable à vous de vous en soucier. J'ai transporté ma convalescence à Yport : l'air marin, un peu de marche et de nage valent toutes les rééducations. J'en ai déjà suivi quinze jours assommants, je n'en peux plus.

– Vous êtes complètement fou, s'écria Foutel. En quoi tout cela vous concerne-t-il ?

– Cela me concerne parce que ce pauvre curé est venu mourir à mes pieds, vous entendez docteur, à mes pieds !

Foutel ne se laissa pas démonter par l'argument sentimental ou religieux. Il percevait chez son interlocuteur, un quinquagénaire ébranlé par une crise cardiaque, un réflexe narcissique, une régression mue par la pensée magique propre à l'enfance.

– Vous savez bien que les gendarmes sont sur le coup. Occupez-vous d'abord de votre santé, on ne veut pas vous perdre.

Le médecin légiste eut une seconde de silence, prélude à une déclaration solennelle.

– Je vous préviens, commandant Faidherbe, si on m'appelle demain pour votre autopsie, je refuse net.

– Alors, je laisserai Pinson me découper la carcasse.

Le policier entendit un borborygme inintelligible dans l'écouteur, puis le « la » de France Télécom.

Il avait vexé le légiste en évoquant son confrère Pinson, que Foutel ne supportait pas. Foutel prétendait même qu'on n'avait pas voulu de celui-ci comme garçon boucher et que, par dépit, Pinson s'était lancé dans la médecine, propulsé par un papa professeur de Faculté. Foutel lui reprochait de manquer de passion pour l'exercice de son métier. Il ne supportait pas non plus son détachement hautain. Plus mesquinement, il enviait Pinson d'avoir hérité d'une maison de maître à Sainte-Adresse, pleine de magnifiques meubles anciens. Faidherbe s'amusait de cette rivalité. Il savait que le légiste ne resterait pas fâché longtemps contre lui. La sollicitude du docteur redonna même au commandant un peu de moral. L'envol de la liste des numéros lui parut moins grave.

Ainsi, le restaurateur avait été assassiné et certainement pas par le petit Spiros, du moins pas par le gamin seul. Il imagina la scène. A la fin de la soirée, quelqu'un était resté caché à l'intérieur du *Bouquet* jusqu'au départ du dernier client et des serveuses, enfermé aux toilettes vraisemblablement. Au moment où Armand Bernicle allait verrouiller la porte, on l'avait frappé à la nuque dans le vestibule. Un complice au moins était alors entré. Les deux assassins, ou plus, avaient plongé la victime au fond du bac aux crustacés. Pourquoi ? Quelle intention justifiait cette mise en scène ? Savoir y répondre aiderait à cerner les coupables. Voilà ce que se disait Faidherbe en tapotant avec les ongles sur le montant en aluminium de la cabine.

Des papiers froissés abandonnés sur le sol rappelèrent à policier l'envol de la feuille qui portait les numéros des vidéastes de la plage, quelques minutes plus tôt. Il était temps d'exploiter aussitôt que possible les informations qu'il pourrait en tirer, au cas où il égarerait son carnet avant la fin de la journée. Il refit un numéro et tomba sur Fésol.

– Ah ! Patron... ?

Le commandant ne le laissa pas continuer à exprimer sa surprise.

– Je parie que tu as fini ton service... Dans cinq minutes ! Ça tombe bien. Tu possèdes un caméscope chez toi pour filmer tes gosses ?.. Encore mieux. Prends un stylo, note les numéros que je te dicte. Trouve-moi les noms et adresses des abonnés, ensuite fonce chez eux copier les films qu'ils ont faits du 15 août à Yport ou visionne-les sur place. Tu me diras si tu remarques quelque chose de suspect, d'anormal, de curieux ou d'intéressant. Fais-toi conduire par Schlumpf, c'est un as du volant... Mais, non, avec Schlumpf, tu seras rentré chez toi pour 22 heures au plus tard... Non, ce n'est pas un abus de pouvoir. C'est un service personnel que je te demande. Tu es le seul en mesure de me le rendre... Je comprends bien que c'est complètement différent... Oui, du point de vue syndical aussi... Je n'en attendais pas moins de toi. Transmets mes hommages à madame Fésol, embrasse les enfants.

Il raccrocha, puis rappela aussitôt car, dans le feu de la discussion, il avait oublié de dicter les numéros de la liste. Fésol s'apprêtait à partir au garage à la recherche de Schlumpf sans même avoir les dits numéros. Le brave homme avait le dévouement chevillé au corps mais la vivacité d'esprit d'un lièvre de mer.

Au cinquième numéro, il entendit un « Ah, la, la... » plaintif, qui se répéta jusqu'à la fin de la liste. Fésol rechignait à l'accumulation de besogne.

– Ne pleurniche pas, je te ferai avoir une prime, lui dit le commandant pour le consoler. Tu te paieras une nouvelle canne à pêche.

– À quoi bon ? Avec tout le turbin qu'on me donne dans cette maison, je n'ai plus une minute à moi, répondit le lieutenant Fésol sans se rendre compte que Faidherbe avait déjà coupé la communication.

Il avait à peine posé le combiné que la sonnerie retentit de nouveau. C'était encore son patron :

– Dis donc, Fésol, la disparition en mer d'Ondine de Sainte-Bove, ça te dit quelque chose ? Tu saurais qui s'est occupé de ce dossier chez nous à l'époque ?

Fésol, au milieu d'une carrière qu'il avait entièrement faite au Havre était la mémoire du service, autre qualité. Il y eut un moment de silence.

– C'était... c'était Perchet, patron. Je suis désolé.

Fésol avait parlé avec hésitation et des tremblements dans la voix, car il était sensible. Tout le monde savait que la disparition de son adjoint à Étretat avait beaucoup affecté le commandant, que Faidherbe en ressentait du chagrin, voire de la culpabilité[23].

– Ce n'est rien. Va, Fésol, va..., répliqua Faidherbe, accompagnant son ordre d'un geste las de la main avant de raccrocher définitivement.

Le commandant se sentit désorienté. Il n'obtiendrait rien de première main de cette affaire. Il paraissait nécessaire à Faidherbe, pour comprendre un dossier, d'en ressentir le poids humain que la lecture des rapports, témoignages et expertises ne lui fournissaient jamais. Cette disparition rouvrait soudain en lui une blessure de plus, mal cicatrisée. Coincé dans la cabine, il ressentit subitement une douleur au cœur.

Un flux de baigneurs remontait péniblement de la plage, bardés de sacs, de parasols, de seaux, d'enfants et d'accessoires divers, lui barrant le chemin du casino. Déprimé, Faidherbe n'avait pas la force de jouer des coudes, de slalomer entre tous

23. cf.*Clou d'éclat à Éretat.*

ces gens au risque de renverser un enfant ou une grand-mère. Il préférait aussi éviter de se faire culbuter par une voiture quittant en trombe le parking après avoir été bloquée trop longuement par les autres. Il se laissa pousser à rebours par les baigneurs qui battaient en retraite, se disant qu'une sieste lui ferait finalement du bien. Il fut abandonné par le flot des passants au seuil des premières marches de son hôtel.

Seul Anthelme Marigaux, levant la tête de son journal, remarqua son entrée. Malgré le son d'un jeu télé où l'animateur s'égosillait à tue-tête devant une roue de la fortune, Faidherbe entendit que l'hôtelier l'interpellait, comme à son habitude, à la troisième personne normande :

– I dispose du téléphone direct dans sa chambre si besoin. Parce que je l'ai vu à la cabine en bas...

– Merci bien, répondit le commandant afin de couper court à la curiosité du bonhomme, mais je préfère téléphoner à partir des cabines à cause des cartes. Plus j'en use, plus belle est ma collection.

Marigaux eut un air admiratif. Il s'apprêtait à répliquer. Le commandant ne lui en laissa pas le temps. Il disparut dans l'escalier. Si les murs de l'hôtel avaient le charme de diffuser la voix de Grâce, leur insonorisation était insuffisante pour les conversations téléphoniques d'un policier.

Un moment plus tard, Faidherbe fut réveillé de sa sieste par le cri d'un énorme goéland qui s'égosillait sur le rebord de sa fenêtre. Il se leva, alla regarder la mer et la plage comme si une nouvelle journée commençait. Le rivage s'était vidé d'estivants. Les gendarmes étaient revenus explorer la roche découverte par marée basse. Faidherbe voyait la silhouette de Jauvert, au-delà des cabines. L'adjudant-chef arpentait le bord, stimulant ses hommes. « Voilà un enquêteur opiniâtre », pensa Faidherbe avec approbation.

Soudain, il y eut du mouvement au loin. Un gendarme qui pataugeait entre les rochers et les algues agita un objet au-dessus de sa tête, une sorte de tube ou de bâton. Il criait quelque chose, mais le bruit du flot couvrait sa voix. Jauvert se mit à courir à sa hauteur sans toutefois s'élancer sur l'estran rocheux. Les autres, abandonnant leurs recherches convergeaient aussi vers leur collègue. Dans son mouvement, le gendarme glissa, perdit l'équilibre, fit une chute. Il se releva, d'abord à genoux, brandissant encore l'objet comme un bâton de relais. Jauvert se décida à s'avancer à son tour, probablement pour récupérer en personne la trouvaille avant qu'elle ne soit de nouveau perdue dans une anfractuosité parmi les algues.

« Eh bien, voilà l'arbalète enfin retrouvée, il avait raison d'insister, le petit adjudant », se dit Faidherbe, sincèrement content pour le gendarme. Il savait lui-même quelle satisfaction provoquait chez un enquêteur scrupuleux, en plein brouillard, la découverte d'une pièce à conviction. Il connaissait l'euphorie de cet instant. On se disait, plein d'espoir, que l'analyse pouvait apporter des éléments décisifs à la suite de l'enquête. Ils viendraient écarter les fausses pistes et indiquer la seule vraie. Ce n'était pas toujours le cas, mais c'était encourageant d'y croire un moment. Le commandant regretta de ne pas pouvoir féliciter Jauvert : le sous-officier, très jeune, très fier et très susceptible, aurait très mal pris que Faidherbe affichât de nouveau de l'intérêt pour cette affaire. Et pourtant, Faidherbe aurait aimé le faire, disons quasi paternellement. Ce n'était pas possible...Tant pis.

Après son bref repos, l'évènement auquel il venait d'assister avait ragaillardi le commandant. Il se sentit d'attaque, prêt à tenter sa chance au casino.

Deux malabars cravatés, engoncés dans des costumes dont les coutures étaient tendues à craquer sous la pression de la masse musculaire accueillaient aimablement la clientèle à l'entrée. Leur présence rassurait tous les retraités qui venaient là dépenser sans regret une partie de leurs pensions. Les pauvres vieux faisaient les quelques mètres séparant le parking du casino avec la hantise qu'un voyou ne leur volât à l'arrachée les trente euros du porte-monnaie.

Il était trop tôt pour la boule ; le policier jeta un coup d'œil sur la salle des machines à sous. Il y avait déjà affluence. Les appareils scintillaient dans la pièce sombre. Ils cliquetaient de partout devant des clients fascinés, quasi immobiles, comme statufiés. Faidherbe échangea un premier billet de vingt euros. Ce n'était pas par passion, car il avait le jeu en aversion depuis l'enfance. Un de ses oncles, le plus amical envers le petit Georges, s'était ruiné aux courses. Il avait même mangé les économies de plusieurs parents, devenant la honte de la famille, la brebis galeuse, infréquentable. Non, il fallait tuer le temps avant l'arrivée du croupier, le père adoptif du jeune Spiros.

Parmi les rares machines libres, le commandant en choisit une qui alignait des chiffres sept. Il n'avait pas introduit plus de trois jetons à travers la fente de sa machine qu'une pluie de jetons tintinnabula dans le panier du fond. Les voisins s'arrêtèrent de jouer pour le féliciter. Faidherbe se sentit embarrassé de gagner aussi vite alors que d'autres devaient avoir passé l'après-midi à voir leurs jetons dévorés sans profit. Une dame vint même capter un peu de sa chance en lui touchant le bras pendant que les autres supputaient le montant gagné. Le commandant décida de battre en retraite vers le bar.

Il n'aimait guère les fauteuils surélevés, lui qui se trouvait trop grand. Il apprécia néanmoins la douceur d'aspect et de contact de leur cuir beige. Le barman lui indiqua les fauteuils club au niveau supérieur. Faidherbe préféra garder un œil sur l'entrée et la table de la boule. Il avait changé son gain, trois cents euros acquis en même pas cinq minutes. Il avait aussi pris quelques plaques pour plus tard.

Le temps s'était suspendu, le commandant l'avait passé, bercé de vagues pensées paradoxalement amères, le regard hypnotisé par le bleu d'un cocktail à base de curaçao.

Soudain, il releva la tête, près de piquer dans la boisson. Il s'endormait. Bon sang ! au même moment le croupier arrivait à l'opposé de l'entrée où le policier l'attendait. Trop tard ! Il était désormais impossible de l'aborder discrètement.

Faidherbe lança un « Je reviens » au barman, ressortit du bâtiment à la recherche de l'entrée du personnel. Comment n'y avait-il pas pensé ? Il eut peur soudain que sa maladie ou les médicaments n'eussent diminué ses facultés. Comme il faisait le tour par la droite en direction du calvaire qui bordait la falaise au-delà du casino, une tache en mouvement entre la maison de jeux et le sommet de la falaise attira son attention : un gamin s'éloignait en courant dans une sente, un sac en plastique sous le bras. Spiros ! Le garçon rasait le sol comme un chat qui détale ; il monta sur une clôture, grimpa sur un mur puis disparut parmi les broussailles recouvrant les ruines d'une ancienne propriété au-dessus du casino.

Son père ou un copain du restaurant de l'établissement le ravitaillait ! Il ne pouvait pas venir d'ailleurs. Faidherbe tourna la tête vers le parking afin de vérifier si les gendarmes l'avaient vu aussi. Apparemment leur trophée leur avait suffi ce jour-là. Ils étaient rentrés au bercail. Le commandant se promit quand même de signaler la chose à Baudoin dès le lendemain, renonçant vu son état physique à courser le gosse. Et, pour le moment, un curaçao l'attendait, puis un dîner. Il revint à pas lents vers l'immeuble de verre qui rougeoyait des couleurs du couchant. Il vit un peu plus loin Marigaux.

L'hôtelier, descendu de l'escalier, lui faisait de grands signes. Quand Faidherbe fut à portée de voix, il entendit : « Téléphone ! ». Il ne voulait pas forcer son allure avant l'épuisante volée de marches. Quand il arriva, son correspondant était toujours au bout du fil : c'était Étrela qui lui parlait, de l'intérieur d'un tonneau. Habitué aux frasques de son auxiliaire, il en fut à peine étonné.

– Si tu veux sauver la face mon grand, tu n'as plus qu'à attendre sagement l'ouverture du musée.

Étrela avait certainement trop picolé de Bénédictine à son vernissage de Fécamp. Par association d'idées, Faidherbe pensa à sa propre consommation. Pourvu que le barman n'ait pas jeté son cocktail.

– Écoute, J'ai autre chose à faire à présent. Joue avec ton portable, c'est de ton âge, ça te fera passer le temps.

– ...

– Tu me raconteras demain, ce n'est pas le moment... Attends ! Tu as vu le gamin ? Spiros ? l'enfant de chœur ?

– ...

– Il y a un problème Étrela. Spiros, je viens de l'apercevoir à l'instant, là, au-dessus du casino d'Yport.

Étrela, au lieu de reconnaître qu'il avait confondu un autre garçon avec Spiros, avait entamé une réponse, un salmigondis d'élucubrations parapsychologiques que Faidherbe n'écoutait déjà plus. On allait laisser mariner un peu le jeune lieutenant jusqu'à l'ouverture du musée où on finirait par le trouver. Après qu'il aurait cuvé sa liqueur dans sa barrique, on le rendrait ainsi dégrisé à sa belle Roseline.

Faidherbe regagna le casino. Non seulement son breuvage bleu était encore à sa place, mais Grâce se trouvait là aussi, penchée sur le tapis vert.

Il s'approcha, son verre à la main. Les pontes autour de la table avaient tous l'air grave et tendu. De la part du banquier, vu les circonstances, Faidherbe comprenait : veuf, dépressif, un fils adoptif en cavale avec un meurtre sur le dos, recherché par les chiens et l'hélico des gendarmes, la bonne fortune des clients pouvait le laisser de marbre. Le policier cherchait sur la face glabre de cet homme sans âge une trace d'émotion. Rien, le geste professionnel, la *poker face* et un regard qui passait au travers des gens. Cependant, le commandant crut déceler un frémissement, un resserrement de la pupille peut-être, lorsque ce regard se posa brièvement sur lui. « Toi, mon coco, tu sais qui je suis, je n'aurai pas besoin de me présenter », pensa le policier.

Les joueurs ne semblaient pas s'amuser follement. On aurait pu les croire au travail tellement ils se livraient tout entiers à leur passion, suivant des yeux la boule qui roulait sur le motif de courses de chevaux, rebondissait de trou en trou avant de s'arrêter. Grâce ne faisait pas exception. Elle posait comme un automate de jolies sommes et perdait.

– Jouez cela pour moi, voulez-vous ? lui dit le commandant en lui tendant deux plaques, en guise d'entrée en matière. J'ai gagné tout à l'heure. Je vous invite au restaurant ce soir, ici même.

La demoiselle de Sainte-Bove eut un mouvement de la tête. Sa chevelure balaya d'un frôlement caressant la main tendue de Faidherbe.

– Je ne mange pas ce soir, je joue, dit-elle avec un sourire appuyé, mais gardez un brin d'espoir, il m'arrive d'avoir de l'appétit aussi.

Faidherbe se dirigea vers la salle de restaurant, songeur, essayant de lire l'avenir dans les dernières gouttes de son cocktail. Il commanda des épigrammes d'agneau qu'il accompagna d'une Mondeuse du Bugey. Le vin avait de la cuisse, il y avait de quoi en tirer un heureux présage.

Soudain le commandant se rappela Fésol et Schlumpf qui, suivant ses instructions, erraient peut-être encore à travers le plateau cauchois obscurci par la nuit. Il s'installa au téléphone du restaurant.

Il eut Mme Fésol au bout du fil. Elle l'accueillit avec froideur avant de lui passer son mari.

– Il n'y a rien à en tirer, patron, de toutes ces images, c'est flou dès qu'on grossit un détail, ça panoramique dans tous les sens. Les gens étaient trop loin de la scène. Quand on peut deviner quelque chose, il n'y a rien de suspect : le prêtre devait être tourné vers la plage lorsqu'on lui a tiré dessus, on ne voit rien en arrière-plan, sauf quelques dauphins. Je suis désolé.

Madame Fésol arracha le combiné des mains de son mari et apostropha Faidherbe :

– Et moi donc ? Vous êtes content de vous ? Mon mari a passé toute la soirée à boire chez des inconnus. En plus, il a attrapé le mal de mer à regarder tous ces navets de plage. Il n'ose pas vous le reprocher, mais comme c'est moi qui nettoie, je n'ai pas peur de le dire : il n'arrête pas de vomir depuis qu'il est rentré. Est-ce que je toucherai une prime, moi aussi, à cause de ça ?

Et elle raccrocha sèchement.

Le commandant promit mentalement de lui faire envoyer des fleurs dès le lendemain. Les enregistrements vidéo n'avaient rien donné, dommage...

Il appela ensuite chez lui Bouilleux, de la D.C.R.I. à Paris, avec lequel il s'était lié pendant les nombreuses années où il avait appartenu aux services de sécurité des voyages de la Présidence. Il tomba sur Geneviève Bouilleux. Après les politesses d'usage, elle lui dit que son mari était encore au bureau pour une affaire compliquée.

Bouilleux fut quand même content d'être dérangé par Faidherbe.

– Je voudrais savoir si vous avez des infos sur les Sainte-Bove. L'épouse, journaliste mondaine, a disparu en mer dans un accident au large des côtes de Seine-Maritime, il y a cinq ans. Je flaire du louche ici, à Yport. Je te rappellerai demain matin, si tu veux bien.

Bouilleux, bonne pâte, voulut bien.

Avant de rentrer à l'hôtel, le policier repassa à la boule. Grâce avait quitté les lieux. Le croupier était toujours occupé. Faidherbe remit à plus tard un entretien avec lui.

Il retrouva Grâce à la réception, badinant un peu bruyamment en compagnie de Marigaux. Elle avait déjà sa clef. Elle attendait que le commandant eût reçu la sienne pour s'engager juste devant lui dans l'escalier. Il la suivit jusqu'à sa porte afin de lui souhaiter un bonsoir galant et, pourquoi pas, un peu tendre.

La jeune femme avait ouvert sa porte. Elle se retourna brusquement. S'étant plaquée contre lui, elle embrassa le commandant. Sa bouche avait un petit goût de sel et aussi de rhum. Faidherbe l'avait enlacée. Il lui caressa le cou qu'il trouva étonnamment fin mais ferme. Il aimait ce mélange de douceur et de force qu'il sentait en elle. Grâce ne tarda pas à glisser sa main au niveau de l'entrejambe de Faidherbe. Ce qu'elle y palpa avec des doigts de fée dut lui sembler de bon aloi. Elle attira son partenaire dans la chambre sans se soucier d'allumer. Ils roulèrent sur le lit.

Il fut un amant honorable, la jeune femme était sacrément câline. Il aurait bien voulu pimenter un peu leurs ébats en pratiquant la bricole chinoise, le tournedos de Serquigny ou la matelote vendéenne, mais il craignit que son cœur ne suivît pas les mouvements. Renseignements pris, Grâce connaissait. Toutefois, elle n'appréciait pas spécialement les complications laborieuses qui détournent de l'essentiel, comme elle disait.

– Si je veux renouveler les sensations, moi je préfère changer de bonhomme que de positions, confia-t-elle quand ils se reposèrent. Vous êtes mon premier commandant de police. Toute jeune, j'ai un peu fantasmé sur Moulin de la télé ; mais les fantasmes, ça ne compte pas. Mon rêve aujourd'hui, ce serait Pierce Brosnan jouant James Bond.

– Je vous trouve un peu cynique, dit avec un regret sincère Faidherbe, attendri par leurs étreintes.

Pour rester dans le ton, il continuait à vouvoyer sa partenaire après l'amour ainsi qu'elle l'avait fait elle-même.

– Cynique ? Peut-être, certainement pas vicieuse, répondit-elle en riant.

Le mot « cynique » repris par Grâce fit revenir à l'esprit de Faidherbe, par association d'idées, l'image d'Étrela enfermé dans son tonneau, Diogène de sous-préfecture. Il le voyait tourner et retourner à l'intérieur de la barrique, comme un torchon dans un tambour de machine à laver, finissant par se résigner avec une certaine dose de philosophie à sa situation ridicule sans solution avant le matin. En voilà un vrai cercle vicieux, gloussait mentalement le commandant. Tiens, il rêvait déjà. La conversation s'était arrêtée. Il s'endormit.

Plus tard, un bruit léger, un craquement réveilla le policier. Il faisait encore nuit noire. Quelle heure pouvait-il être ? Deux heures, trois heures ? Il ne sentait plus la chaleur du corps de la jeune femme à son côté. Cela le mit en alerte. Le plus doucement possible il tourna légèrement la tête vers une lueur tremblotante au pied du lit. Grâce fouillait la veste de Faidherbe, tombée par terre, en s'éclairant de la lumière d'une mini torche ; elle feuilletait son carnet. L'amoureux était déçu, mais le policier ne put s'empêcher de sourire. Il reprit sa position, ferma les yeux et se rendormit aussitôt.

Lorsqu'il se réveilla pour de bon, il faisait jour. Grâce avait de nouveau quitté le lit. Elle n'était pas non plus à l'intérieur de la chambre. Faidherbe alla ouvrir la fenêtre. Une silhouette entrait dans la mer : il était sûr que c'était la jeune femme, la baigneuse chantait. L'air du matin, frais malgré les premiers rayons du soleil, le fit frissonner. Tout en se rhabillant sommairement, il appela Bouilleux depuis la chambre de Grâce tout en balayant méthodiquement la pièce du regard.

– Je t'ai trouvé quelque chose, commença par dire Bouilleux.

– Dis toujours. Je note mentalement.

– Les Sainte-Bove appartiennent à une vieille famille de la Manche, apparentée à toute la noblesse normande ; les vicomtes sont, de père en fils, officiers dans la Royale. Un ancêtre a fait la traversée Saint-Valéry-sur-Somme-Pevensey près de Hastings avec Guillaume de Normandie.

– Bouilleux, ne me fais pas leur généalogie depuis Rollon, s'il te plaît. Seuls les contemporains m'intéressent.

– Je situe le cadre familial quand même ! Aymon de Sainte-Bove, capitaine de vaisseau, a fait presque toute sa carrière à terre comme attaché militaire : en Bulgarie, en Pologne, à Athènes, à Chypre et en Israël. A épousé Ondine de Flétancourt, jet-setteuse, écrivaine, coach en savoir-vivre, protocole, élégance, arts de la table, *dress code* et j'en passe. Après quelques années de mariage, les époux ont vécu séparés sans divorcer. Leur fille, Grâce, d'abord élevée par sa mère a suivi vers onze douze ans son père dans ses différents postes puis a fait des études supérieures à Paris, un peu cantatrice, un peu sportive, polyglotte, *globetrotter*. Mère présumée morte, comme tu sais. Ondine de Sainte-Bove avait une liaison avec une grosse fortune, nouveau riche, un certain Yannis Lorraine.

– Stop ! Voilà de l'intéressant ! s'exclama Faidherbe. Continue.

– Père décédé, pas de précision ni de date ni de lieu. C'est ça qui est drôle : pas moyen d'en savoir plus. À mon avis, ce gars travaillait dans le temps pour le SDEC ou la DGSE.

– Tu dois avoir raison. On sait de quoi il est mort ?

– « Arrêt du cœur », c'est louche non, comme formule ?

– Pas tant que tu crois, dit Faidherbe en pensant à son récent infarctus. Dis donc, s'il travaillait vraiment pour les services secrets, on ne tardera pas à te demander pourquoi tu furètes dans son dossier ; tu diras que tu as un neveu amoureux de Grâce, que tu veux savoir à quoi t'en tenir, etc.

– Alors c'est toi, mon neveu ? Tu n'as pas peur du ridicule, une gamine...

– La nuit tous les chats sont gris. Et puis à vingt-six ans, on ne peut plus parler de gamine.

– Méfie-toi quand même, je trouve que ces Sainte-Bove sont des gens flous. C'est curieux de la part d'aristocrates...

– Tu as un penchant pour la sociologie romanesque, Bouilleux. Merci de ton conseil d'ami... Je vais te faire une confidence : je me méfie déjà. Quant à ce Lorraine, on a quelque chose sur lui ?

– Justement, j'y arrive. Je me doutais qu'il t'intéresserait aussi. D'abord, il ne s'appelle pas Yannis Lorraine, mais Pierre Le Saint. Yannis Lorraine, c'est un pseudonyme qu'il s'est donné quand il travaillait comme moniteur de plongée sous-marine au Club Méditerranée. Son père est de Ménocourt, en Lorraine, d'où le pseudonyme, sa mère d'Honfleur, lui était postier, elle employée chez un fleuriste. Pourquoi Yannis ? Aucune explication. On a fait une enquête sur lui à la suite d'une lettre anonyme au fisc.

– Charmant et toujours bien utile.

– Origine modeste donc. Passion pour la plongée sous-marine. Soudain disparaît du paysage, s'installe aux Bahamas, puis aux Bermudes, réapparaît aussi aux Antilles, rencontre là-bas Ondine de Sainte-Bove. Lorraine s'est lancé dans de grosses affaires : école privée de plongée, location de voiliers et de yachts. A monté une compagnie aérienne à Madagascar qu'il revend à un pigeon avant qu'elle soit nationalisée. Avec quels fonds me demanderas-tu ? C'est là qu'intervient la lettre anonyme : ton Lorraine *alias* Le Saint aurait été le premier à repérer, identifier et explorer secrètement le *Niobé*, un charbonnier, coulé au large du Havre en 1940. Tu es sur place, tu connais sans doute.

– J'ai lu une plaque sur le port : plus de huit cents victimes. Un club havrais l'a formellement identifié en 2002.

– Faut croire que ton bonhomme l'avait fait bien avant pour son compte.

– Mais, dis-moi, il y a longtemps qu'on ne fait plus fortune dans le charbon...

– Ce bateau aurait transporté parmi ses passagers des diamantaires juifs, belges et hollandais, qui fuyaient l'avancée éclair des troupes allemandes.

– Je vois. Ils avaient emporté leurs diamants.

– Quoi qu'il en soit, la lettre prétend que Le Saint ou Lorraine, aurait raflé le gros lot sous-marin, des centaines de millions de francs à l'époque. On n'a rien pu prouver ni trouver. C'était trop tard, les diamants avaient été convertis en monnaie plusieurs fois recyclée sans doute avec des commissions occultes en vue de brouiller les pistes.

Faidherbe siffla.

– Et l'accident ?

– J'y viens, laisse-moi le temps de souffler. Lorraine s'était installé dans un manoir entre Dieppe et Fécamp en compagnie de la femme de Sainte-Bove. Ils s'y adonnaient à leurs passions : l'amour, l'art et la plongée sous-marine. La suite vient d'une enquête qui a été menée chez toi par un certain lieutenant Perchet. Tu connais ?

– Je sais, mais il ne peut plus me renseigner, se contenta de répliquer Faidherbe pour éluder la question. De plus, je n'ai pas le dossier sous les yeux ; il est perdu quelque part aux archives. Continue, s'il te plaît.

– Lors d'une plongée nocturne, Lorraine est remonté seul en catastrophe pour donner l'alerte : il avait perdu Ondine de Sainte-Bove après un choc qui les avait séparés, avait brisé leurs lampes. Dans la panique, il n'avait pas marqué de paliers de décompression. Il a survécu de justesse, infirme à vie. L'hypothèse la plus probable est qu'ils se sont trouvés sous le paquebot venu mouiller au-dessus de l'endroit qu'ils exploraient cette nuit-là. Ils auraient été heurtés par l'ancre ou la chaîne. Il y avait aussi un chalutier dans les parages qui a pu les accrocher. Mais il n'est pas exclu qu'ils se soient blessés aussi contre une épave ou encore Lorraine a voulu se débarrasser d'elle et par pure coïncidence, a été victime d'un accident dans la foulée. Bref, aucune preuve de rien, l'affaire a été classée comme accident de plongée. On a donc prié le lieutenant Perchet de ne pas chercher plus loin, il y avait du boulot ailleurs.

– Tu as les noms des bateaux ?

– Le *Vassilissa Olympias*, c'est le paquebot, le *France-Galles*, un chalutier de Boulogne.

– Je te remercie de tous ces renseignements. A part ça, tu sais que depuis que je suis au placard en province, je ne peux plus te rendre la pareille.

– Ne t'en soucie pas, Georges. Si tu veux nous faire plaisir, viens nous voir à Paris. En novembre, j'aurai des places à Bastille. On y jouera *Elektra* de Strauss. Geneviève sera contente que tu viennes, même accompagné d'une nymphette.

– C'est plutôt une sirène. Je retiens l'invitation : j'ai vu *Elektra* en 92 avec Eva Marton ; je serais très curieux de découvrir une nouvelle version.

Avant de regagner sa propre chambre pour sa toilette, il fouilla un peu celle de Grâce. Rien de spécial. Il remarqua à peine une pochette d'allumettes étrangères dans le cendrier.

Lorsque le policier arriva au niveau de la réception sur le trajet de la salle de restaurant de la *Conque* où il allait

94

prendre le petit-déjeuner, un Marigaux aux aguets l'interpella, tout émoustillé :

– Eh bien, vous en avez de la chance ! s'exclama-t-il. La belle, la merveilleuse Grâce de Sainte-Bove ! Tous ceux qui ont essayé de partager son intimité, j'ai dû les chasser d'ici *manu mirlitari* (sic). I connaît la musique !

– Justement, je trouve que depuis que je suis entré ici, j'ai trop de chance. Dites donc, qui était le client qui a déguerpi d'ici un quinze août de manière inattendue ?

– Un Russe. De l'argent, beaucoup d'argent mais aucun savoir-vivre, du gaspillage. Un nouveau riche, peut-être un de ces fameux oligarques qui roulent sur les pétroroubles : il a quitté la chambre qu'il avait payée d'avance, comme ça, pfut ! En coup de vent, comme s'il y avait une fuite de gaz... sans même essayer de se faire rembourser les deux nuits restantes. Je ne vous parle pas des sous qu'il a laissés à la boule au casino.

– Et comment se faisait-il appeler ?

– On peut pas oublier tellement, c'est marrant : Gabardine, comme le premier cosmonaute.

– C'est certainement un nom d'emprunt. Le cosmonaute, c'était Gagarine.

– Il est sûr ? La Gagarine, c'est pas une matière grasse qui remplace le beurre ?

– Certain. Et son prénom ?

– Il avait écrit F.S. sur la fiche. J'ai pas osé lui demander, c'était difficile, on s'exprimait par signes, vous comprenez, je ne parle pas russe. Mais j'ai entendu Grâce l'appeler Fédor, comme un cirage ou un chien. C'est marrant, non ?

– Parce que Grâce le connaissait ?

– Ben, oui. Je crois même que c'est pour la rencontrer qu'il est venu ici : ils ont eu de nombreuses discussions animées avec moulinets du bras et vodka, caviar et vodka, cornichons et vodka, et tout et tout, et vodka.

– En russe ?

– Non, en grec, même que ça m'a étonné. Je connais quelques mots. Vous savez, ça fait des lustres qu'on nous appelle les Grecs par moquerie, nous les gens d'ici, alors je suis moi-même un peu entré dans le jeu par fierté. Soi-disant qu'on serait issus d'un naufrage de navire grec au...

Faidherbe coupa court aux digressions historiques.

– Le Russe, c'était un musicien ?

– Il est venu sans instrument.

– Est-ce qu'il allait à la pêche ou faisait de la plongée ?

– Il a même pas mis les pieds à la plage.

– Il ressemblait à quoi ?

– Le croisement de Bernard Blier et Bruce Willis serait son portrait craché avec des pommettes un peu plus saillantes, des yeux presque bridés. A part ça un colosse, je me demande si ses pieds ne dépassaient pas du lit. Au moins cent vingt kilos. Même les gars de la sécurité du casino avaient l'air de demi-portions à côté de lui. En plus de ça, un brise-fer : des verres, des assiettes, une clenche, la chasse d'eau et j'en passe.

– Des bagages ?

– Une valise plutôt petite pour un bonhomme de sa taille mais il est parti avec une mallette que je ne lui connaissais pas. Même que ça m'a un peu étonné parce que je l'avais vue dans la chambre de Mlle Ondine, cette mallette, pleine de papiers. Un réflexe professionnel : j'ouvre tout ce qui est fermé. Des prospectus de voyages aux Bahamas, de la paperasse sans intérêt, quoi.

– Curieux plutôt. Du coup, vous avez aussi fouillé ma valise ?

– Bien sûr qu'si. Est bien rangée maintenant.

– Merci du service répondit ironiquement le policier, et comment a-t-il payé ? Chèque ? Carte bleue ? Espèces ?

– La chambre en espèces, dès son arrivée, mais les repas, le champagne, la vodka et le téléphone, il ne les a pas payés ! C'est mademoiselle de Sainte-Bove qui m'a dit : « Anthelme, ayez – un – la bonté de mettre toute la note de monsieur Gabardine sur mon compte, – deux –surtout de ne pas me poser de questions. » Je ne refuse jamais rien à mademoiselle de Sainte-Bove. Dans notre métier, il ne faut pas contrarier les lubies des « artisses », c'est un principe. Ils font et défont les réputations des hôtels. Et puis, une aussi jolie jeune femme qui me parle comme ça me ferait manger au creux de sa main, commandant, je le reconnais. Quelle chance ! Crénom ! Quelle chance vous avez ! Est-ce que vous vous rendez vraiment compte ?

Le policier au lieu de répondre prit un air consterné, prétexta avoir oublié quelque chose et remonta dans la chambre de Grâce, se saisit de la pochette d'allumettes : c'était une publicité pour une boîte de nuit, un cabaret ou un restaurant, en alphabet cyrillique probablement. Il ouvrit la pochette. Au verso, il lut, écrit au stylo, en caractères grecs le mot suivant : *katakombai*. Il alla jeter un coup d'œil à la fenêtre. Il distingua nettement Grâce qui rentrait de son bain. Cependant il lui restait assez de temps pour rappeler Bouilleux de sa propre chambre.

– J'aurais encore besoin de tes services. Il est passé ici un bonhomme qui me paraît suspect, un Russe. Vois avec tes collègues de la D.C.R.I. s'ils ne pourraient pas l'identifier.

Bouilleux l'arrêta, rouspétant au bout du fil :

– Georges, tu ne te rends pas compte ? Si tu donnes un sucre à des barbouzes, ils t'emporteront la main, celles de ta famille jusqu'aux petits-cousins du septième degré et la mienne par-dessus le marché.

– Tu peux leur dire que j'ai simplement remarqué un Russe qui jouait très gros au casino, que son l'allure m'a intrigué.

– Quel casino ?

– Celui d'ici, à Yport.

– Mais on va me rire au nez ! Tu ne pouvais pas me dire Deauville au moins ?.. Bon, tu ne plaisantes pas. Tu sais que tu ne peux pas jouer en solo dans ta position ? Tu as le nez sur une grosse affaire, alors ?

– Plus grosse qu'il n'y paraît, je voudrais être sûr avant de passer la main à qui de droit.

Faidherbe fit à Bouilleux le portrait de Gabardine, tel qu'Anthelme Marigaux le lui avait décrit.

Il finissait sa communication quand il entendit des pas dans le couloir puis une porte s'ouvrir et se refermer. Il attendit quelques minutes avant d'aller frapper chez la jeune femme.

– Je descends prendre le petit-déjeuner. Vous venez ?

Grâce de Sainte-Bove entrouvrit sa porte, en peignoir, un grand sourire sur le visage.

– Je finis de m'habiller. Je vous rejoins...

Elle ne fut guère longue. Elle s'avançait vers sa table, divine. Une robe de lin bleu ciel sublimait sa silhouette éplafourdissante. Faidherbe déglutit difficilement la gorgée de café qu'il avait en bouche, prêt à remonter immédiatement se coucher avec cette beauté.

Grâce montrait un appétit de loup de mer. Comme, après s'être restaurés, ils paressaient dans la salle baignée d'un soleil tendre face à la mer, la jeune femme lui prit la main gauche.

– Vous êtes donc un vrai célibataire, commandant ? Pas un de ces Don Juan qui ôtent leur alliance quand ils ne sont pas accompagnés de leur légitime épouse ?

Faidherbe, pourtant peu porté aux confidences même après l'amour, baissa un peu la garde. Il se livra. Il ne l'aurait certainement jamais fait avant son attaque cardiaque.

– Disons que, dans l'ensemble, oui, je suis fidèle à mon corps. De police la plupart du temps.

– Quoi ? Vous vous consacrez corps et âme à la police ! Jamais d'engagement amoureux ? Jamais marié ? Jamais divorcé ? J'ai de la veine, je tombe sur une exception !

– Vivre sans temps mort, Jouir sans entrave disait l'autre. Me croirez-vous si je vous dis que j'ai eu une liaison de plusieurs années avec deux sœurs jumelles ? Comme la loi interdit la polygamie, je ne pouvais pas me résoudre à épouser l'une plutôt que l'autre.

Grâce de Sainte-Bove applaudit en riant d'un rire cristallin dont les éclats roulaient comme une cascade.

– Ça me plairait : deux hommes identiques et différents en même temps, sans cachotteries, ni secrets ni mensonges. Fascinant !

– Détrompez-vous. C'était gentil, passionné aussi mais... ce fut un échec. C'est déjà difficile un ménage à deux, alors à trois, imaginez. Elles sont parties toutes les deux en même temps, puisque je ne savais pas choisir.

– Et vous êtes inconsolable ! dit-elle, mi-tendre, mi-moqueuse.

– Il y a plus de quinze ans de ça, je suis remis. Mais j'ai subi d'autres déboires depuis...

Grâce pointa de l'index la main droite du policier qui traçait des lignes imaginaires sur la table. Le petit doigt mutilé manquait d'élégance.

– Une balle en a emporté le bout ? Vous faites un métier dangereux.

La jeune femme avait prononcé cette dernière phrase sur un ton grave. Fini le badinage ? Compassion, avertissement, menace ? se demanda Faidherbe. Il faudrait éclaircir le jeu de la belle.

– Un éclat de falaise me l'a amputé lors d'une enquête explosive. C'est sans importance si ça ne vous répugne pas. Parlons plutôt de vous...

– Mais vous savez tout de moi : une femme cynique, si peu sentimentale ! Du reste, à la fois artiste et sportive, je n'ai guère de temps à consacrer à un homme en particulier. Comme les occasions ne me manquent pas, je n'ai qu'à trier.

– Je suis flatté d'avoir eu l'honneur de la sélection, répliqua Faidherbe un peu amer. Vous êtes la femme la plus jolie, la plus spirituelle aussi, que je croise depuis longtemps. Et qui s'intéresse à moi.

De manière inattendue, la cynique Grâce rosit de confusion.

– Je vous remercie pour spirituelle, dit-elle en se levant. Je vous quitte, je vais travailler.

– Nous reverrons-nous dans la journée ? demanda le commandant.

– Ni dans la journée ni dans la soirée : je suis prise. Au cours de la nuit, peut-être. Ne m'attendez pas, je saurai où vous trouver... J'entre sans frapper, ajouta-t-elle en le quittant avec un petit signe amical de la main.

– Je vous ai promis de m'occuper de l'affaire de votre mère, je m'y mets dès aujourd'hui, dit Faidherbe, prêt à se lever à son tour.

Grâce de Sainte-Bove s'arrêta brusquement. Retournée vers lui, d'une voix devenue désenchantée, presque atone, elle laissa tomber :

– N'en faites rien, s'il vous plaît.

Le commandant la laissa partir sans demander d'explications. Il préférait encore garder quelque temps l'illusion d'être l'amant d'une maîtresse splendide que le policier tenant un témoin clef ou un suspect idéal.

D'ailleurs, il y avait une autre urgence : tirer le lieutenant Diogène de son tonneau de Bénédictine. Étrela devait avoir fini de cuver, il était temps de le libérer. Faidherbe demanda l'annuaire à Marigaux, nota le numéro de la Bénédictine. Il n'obtint personne à la Bénédictine et appela les gendarmes de Fécamp à qui il demanda en un message aussi court qu'énigmatique d'intervenir à l'abbaye, salle des collections. Puis le commanda chercha l'adresse du croupier, monsieur Ouin.

Soudain une voix chaude et grave descendue de l'étage se répandit par tout l'hôtel.

– *Allein! Weh, ganz allein! Der Vater fort,*
hinabgescheucht in sine kalten Klüfte...

La bouche ouverte, Anthelme Marigaux s'était figé, entré en extase.

– *Agamemnon! Agamemnon!*
Wo bist du, Vater? Hast du nicht die Kraft,

100

dein Angesicht herauf zu mir zu schleppen ?[24] continua de chanter Électre avec la voix de Grâce.

Faidherbe se demandait s'il ne rêvait pas. C'était Bouilleux qui l'avait invité à entendre *Elektra* et voilà que Grâce travaillait cet opéra !

Anthelme Marigaux, sortant de sa stupeur admirative, brisa le fil de ces conjectures :

– Finalement, j'aime mieux l'Agamemnon d'Offenbach ! s'exclama-t-il.

Il se mit aussitôt à fredonner *La Belle Hélène* :

– Aga...Aga...Aga...

Faidherbe préféra ne pas attendre la suite. Il descendit une fois de plus à la cabine téléphonique pour être tranquille.

Un éclat de soleil sur la véranda d'une villa de la pente opposée le fit-il penser à des jumelles, à un téléobjectif à miroir ou à un viseur braqué sur lui ? Ou une vibration insolite de l'air marin annonça-t-elle soudain le timbre rugissant d'un bicylindre à refroidissement par air ? Ou encore son ange gardien plana-t-il au-dessus de Faidherbe sous l'apparence d'une mouette épouvantée ? Le flair du policier capta-t-il un relent d'huile surchauffée, signal de danger ?

Au moment de tirer la porte de la cabine, le commandant arrêta son geste. Bien lui en prit : une Citroën Méhari verte complètement folle fonçait sur lui.

---

24. « Seule, hélas, toute seule ! Mon père en allé/descendu, effrayé, dans son glacial tombeau.../Agamemnon, Agamemnon !/ Où es-tu, père ? n'as-tu donc pas la force/de monter jusqu'ici me montrer ton visage ? » R. Strauss, *Elektra*, 1909. Livret de H. von Hofmannsthal (traduction de l'auteur).

10

De barrique en syllabes

– Ne touchez à rien ! Surtout, ne touchez à rien !
La porte de la salle des collections fut ouverte avec fracas. Elle avait été fermée de l'intérieur, la porte bloquée par une barre de bois. L'adjudant-chef de gendarmerie Jauvert s'était posté à l'entrée en position d'arrêt. Il retenait derrière lui, bras grand ouverts, ses deux collègues de la brigade, eux-mêmes suivis du gardien et du conservateur en chef, Roberto Vincelli.

– Allons-y.
Ils avancèrent prudemment dans la salle, derrière Jauvert. Sauf Vincelli, qui les doubla. Il subodorait la catastrophe depuis son tour d'ouverture des salles quand il avait constaté que la porte des collections avait été bloquée.

– Voilà, j'en étais sûr. Ils ont tout pris, constata sans émotion apparente le conservateur qui s'était campé devant le socle de la pyramide disparue.

Il mâchouillait une barre de ses lunettes en écailles comme s'il contemplait une œuvre d'art postmoderne, l'autre main dans la poche d'un pantalon sombre de couturier italien impeccablement repassé.

Le gardien, un petit homme âgé tout en rondeurs, les avait suivis craintivement. Il avait l'œil éteint de celui qu'on vient de réveiller brutalement, la bouche ouverte sur une dentition lacunaire, le menton tremblotant. De sa lèvre inférieure pendante, un filet de bave s'écoulait jusqu'à goutter au sol à ses pieds. Les deux gendarmes qui s'étaient approchés du fantôme de la pyramide se regardaient en souriant. Le conservateur lustrait maintenant les cheveux noirs de son catogan tout en faisant tranquillement le tour de la plate-forme, les lunettes pendouillant sous son menton.

Jauvert commença alors une inspection du socle. Il eut peu d'investigations à mener pour trouver la partie par laquelle s'étaient introduits le ou les cambrioleurs. Il saisit sa lampe et éclaira l'intérieur. On entendit sa voix résonner.

– Ils ont tout dévissé par-dessous...

Le conservateur croisa les bras.

– Bien. Mais quelle idée ? Pourquoi ?

Jauvert se redressa.

– Le préjudice est important ? demanda-t-il.

Le conservateur fit une moue, ajusta sa cravate.

– Certes, c'est un vol considérable. Pour l'Histoire sinon pour l'Art. Une collection unique de cinq cents bouteilles à l'imitation de la liqueur de l'abbaye

– Un vol de contrefaçons... c'est pas banal, remarqua l'un des gendarmes en pouffant dans une pyramide de verre.

– Et une pyramide en verre... c'est pas mal non plus ! Ajouta son collègue, goguenard.

Ils arpentaient la pièce en ricanant. Au milieu des enquêtes pour homicides à Yport, une affaire de vol de flacons, vides de surcroît, leur paraissait une rigolade. L'un d'eux imitait Sherlock Holmes, penché sur une des fenêtres en ogive, une main derrière le dos, l'autre tenant une loupe imaginaire. Il gloussait. Soudain son collègue s'immobilisa à côté du tonneau déplacé, figé comme un chien d'arrêt qui aurait flairé le gibier. Les autres le regardèrent sans comprendre. D'une main, il désignait la partie supérieure de la barrique. De l'autre, il avait posé un doigt sur ses lèvres.

Il colla ensuite son oreille sur le fût. Il se redressa. La bouche en cul de poule, il faisait celui qui sifflait. Jauvert s'approcha de la barrique.

– Quoi ? Qu'est-ce qui se passe, Michonet ?

– Chef, souffla le gendarme à voix basse, ça siffle là-dedans...

Roberto Vincelli intervint.

– Ce tonneau s'est déplacé, il était là avant.

Le conservateur désignait le berceau de bois à l'autre bout de la pièce.

Jauvert regarda le tonneau, Michonet, puis de nouveau le tonneau, puis Michonet.

– Si, si, je vous jure, chef. C'est dingue ! Ça siffle tout doucement, par intermittence... Écoutez...

Tous tendaient L'oreille maintenant. On entendait une espèce de sifflement assourdi et rythmé. Un son long, un silence, puis de nouveau le même son long qui mourait sur la fin, comme la respiration pénible d'un poitrinaire, le cri d'une chouette effraie ou le souffle d'une machine pneumatique exténuée.

– Y a de l'alcool dans cette barrique ? demanda Jauvert au conservateur.

Il soupçonnait une surpression de vapeurs alcooliques.

– Non... c'est un tonneau du XIXe siècle transformé en bar à liqueurs. Il est vide depuis longtemps, vous pensez bien...

– Bon, vous, allez chercher de quoi l'ouvrir, commanda l'adjudant-chef au gardien planté à la porte de la salle.

L'employé regardait Roberto Vincelli avec un air de panique interrogative.

– Mais allez-y, monsieur Fèvre, allez donc chercher un outil dans la réserve, lui ordonna le conservateur.

– Fèvre ? s'étonna Jauvert en scrutant d'un œil inquisiteur le gardien, je vous remets, je vous ai vu à Yport auprès du curé harponné, non ?

– Ah ? mais non, monfieur le commiffaire, fa f'est mon frère, f'est lui qu'est d'Yport, moi, f'uis d'Fécamp, on est jumeaux... mais on fe parle plus, on est fâchés depuis des années. Lui f'est Fulgence, moi, f'est moi.

– Ah. Soit... Circulez alors, Fèvre, circulez...

Le gardien revint, muni d'un engin taillé pour éventrer les coffres-forts. Michonet s'attaqua aussitôt au couvercle de la barrique qui gémit d'abord sous L'effort. La pièce résistait de toutes ses fibres, le gendarme peinait. Enfin une dernière poussée de la barre la fit craquer. Le couvercle sauta en arrière, Michonet tomba avec lui. Le gardien achevait de ruiner sa denture à coups de claquement de ses mâchoires. Le conservateur restait impassible, mais constata quand même tout en mordillant la seconde branche de ses lunettes :

– C'est un désastre. Vous êtes de véritables vandales, messieurs.

Tous se rapprochèrent. Les gendarmes se regardèrent alors avec une même grimace de dégoût. L'adjudant-chef Jauvert avait reculé d'un pas, la main sur son arme de service.

– Ma parole, y a un macchabée là-dedans ! C'est pas possible, une odeur pareille ! Michonet, entrez voir.

Il désignait l'orifice de la barrique d'un index nerveux. Son subordonné s'approcha en se pinçant le nez, le pied-de-biche dans les mains, prêt à frapper. On entendait mieux le sifflement étrange désormais. Michonet se pencha prudemment au-dessus de l'ouverture.

– Victor ! Mais qu'est-ce que tu fous là, mon vieux ?

Un œil était au fond du trou et regardait Michonet : une pupille agressée par la lumière, Étrela découvrait celui qui venait le délivrer. L'autre œil, encore collé, refusait de s'ouvrir. Sous des cheveux hirsutes, une figure de cauchemar déformée par la fatigue, pâle, joues gonflées, traits tirés, émergeait lentement d'une profonde léthargie en émettant un sifflement de bouilloire. Au bout des lèvres du lieutenant Étrela, un sifflet rose et jaune pendouillait, sifflant encore le rythme d'une respiration d'asphyxié. Le reclus se leva. La moitié de son corps se dressa péniblement, vacillante, au-dessus de l'ouverture du tonneau devant ses libérateurs médusés. Le policier inspira un grand volume d'air frais. Le sifflet tomba au fond du tonneau, au cœur d'un espace aux parfums âcres de vieil alcool mêlé d'encaustique.

– J'ai failli attendre... On pourrait m'aider peut-être ? Articula-t-il avec difficulté, la voix éraillée, d'un ton qu'il eût voulu plus ferme.

Les deux gendarmes le sortirent péniblement du tonneau. On ne savait qui du bois ou de ses articulations craquait le plus. Quand on le déposa, ses chaussures laissèrent une trace d'humidité jaunâtre sur le sol pavé de la salle. Jauvert restait interdit, la bouche ouverte comme celle du gardien. Derrière lui, Roberto Vincelli avait chaussé ses lunettes.

– C'est Victor Étrela, chef, un collègue de la P.J. du Havre, un copain, indiqua Michonet. Il siffla d'admiration.

—Tu donnes dans la prohibition maintenant ?

Étrela ne répondit rien, se contentant d'un lever de sourcils accompagné d'un rictus.

Jauvert reprit l'enquête en main.

– Vous les avez vus, n'est-ce pas ?

– Qui ?

– Mais ceux qui ont fait ça ? Jauvert désignait le socle en bois.

Étrela épousseta les pans de sa veste, ouvrit grand ses deux yeux, le regard tourné vers l'emplacement de la pyramide et comprit.

– Et comment voulez-vous que j'aie vu quoi que ce soit ? Vous voyez un périscope sur ce tonneau ?

– Vous n'avez rien entendu, non plus ? demanda Vincelli.

Le conservateur commençait à prendre goût à une affaire si surréaliste.

– Quelques bruits de verre, une fenêtre qu'on force, oui... C'est à peu près tout. Je dois maintenant rassembler mes conclusions auprès de mes supérieurs car l'affaire est plus compliquée qu'il n'y paraît. Messieurs, je vous salue.

– Holà ! Il ne peut pas partir comme ça ! Qu'est-ce qu'il faisait dans cette barrique ?

Jauvert s'adressait à lui par la troisième personne normande, ne sachant s'il fallait lui parler en collègue ou en suspect potentiel d'une affaire pour le moins alambiquée.

– Il méditait... comme le philosophe, répondit Étrela en s'éloignant vers la sortie.

– Il se fout de moi ?

Jauvert prenait à témoin ses subordonnés.

– Et la clef dans la serrure, qu'en dites-vous, jeune homme ? demanda le conservateur à Étrela.

– Oh, moi, les énigmes de chambres closes... je laisse ça à Gaston Leroux ou à ces messieurs de la gendarmerie.

– Il est blagueur, crut bon de préciser Michonet qui interpella aussitôt son ami :

– Étrela ! On se voit au concert de *The Abyss*? Je les ai vus en 92 : c'était mortel ! Tu m'appelles ?

Michonet simulait un téléphone de l'auriculaire et du pouce. Son supérieur le fusilla du regard. Étrela répondit par un vague signe de tête.

Jauvert poursuivit le policier havrais jusqu'à l'extérieur en le soumettant à un feu nourri de questions auxquelles l'autre répondait toujours vaguement. Il abandonna ses poursuites au niveau de la grille, ayant obtenu la promesse qu'Étrela passerait à la brigade au cours de la journée, « pour fournir de plus amples informations ».

En fait, le policier havrais n'était guère avancé lui-même. Il marcha l'esprit embrumé, comme un automate, les jambes endolories, jusqu'à sa voiture. Il prévoyait toujours des vêtements de remplacement, habitué aux prolongations d'horaires les jours de planque. Il se changea avec force nouvelles contorsions douloureuses. Puis il ressortit, ayant besoin de se dégourdir encore les jambes, s'aérer l'esprit, se restaurer avant de reprendre la route pour Le Havre. Et repasser de nouveau devant le palais fécampois.

Il remonta vers la Bénédictine et prit cette fois la rue qui longe la bâtisse. Il arriva bientôt en vue de la propriété des fondateurs, une immense villa de style anglo-normand, posée au milieu d'un carré de pelouse impeccable, en face de l'extrémité ouest du bâtiment principal. Une cour intérieure rectangulaire s'ouvrait du côté de l'édifice anciennement réservé à la production. Quatre barriques reposaient contre le mur du fond. Il situa au premier la salle où il avait traversé la nuit à l'intérieur de son tonneau.

Un tintamarre confus l'avait effectivement réveillé en plein milieu de la nuit : des pas nombreux, des bruits de verre, une fenêtre qu'on ouvre. Ça avait duré un petit moment même. Quelle heure pouvait-il être ? Deux heures, trois heures ? Il avait bien tenté de consulter l'affichage de son portable mais, dans sa position acrobatique, le téléphone risquait de sonner sous l'effet d'une mauvaise manipulation. Alors il avait renoncé. Il n'avait entendu aucune parole : les cambrioleurs étaient restés muets. Il n'avait perçu que des respirations d'efforts.

À l'étage, une fenêtre en demi-cercle, derrière laquelle il distinguait les casquettes des gendarmes, paraissait très appropriée à une évacuation éclair de la collection. Une gouttière massive qui la longeait sur la droite avait pu guider la descente de la pyramide. Un seul obstacle : la grille. Un complice pouvait l'avoir laissée ouverte. Le gardien, le jumeau du bedeau d'Yport ou plus vraisemblablement le garçon qu'il avait pris pour Spiros ? Oui, voilà ce que le morpion manigançait la veille dans la salle Alexandre Legrand ! Un véhicule garé là avait emporté le larcin... pour où ? Une centaine de flacons vides valait-elle vraiment pareille expédition ?

Étrela se rappela alors les photos, les performances du *Submarine art*, ces objets flottant entre deux eaux. Il s'imagina la pyramide de bouteilles reconstituée et posée quelque part au fond de la Manche... Il se baissa : des flacons brisés jonchaient le sol. L'un d'eux portait encore un fragment d'étiquette : « *La Bouvarine*, liqueur du poète ». Il le laissa là, se gardant bien de le toucher, afin de le maintenir intact comme pièce à conviction pour les gendarmes. Ses empreintes digitales sur ce morceau de flacon pourraient aggraver la curiosité suspicieuse de Jauvert.

Le lieutenant prit la rue Legrand en direction de la mer. Au bout, au croisement d'une longue côte qui montait vers le Havre, un bar faisait l'angle avec une façade aux motifs diamantés couleur orange. Des stores à claires-voies verticales de même ton étaient en partie ouverts pour faire entrer le soleil matinal. Surplombant la devanture sur toute sa longueur, des lettres dorées immenses en caractères digitaux, comme figées sur un panneau électronique des années quatre-vingts annonçaient la couleur : *Tous à l'eau – café bar.* Étrela traversa et entra.

La porte était grande ouverte. Profitant de la fraîcheur matinale, on aérait la salle avant l'arrivée des clients. Le policier était le premier, ou alors la vague des pochtrons-minets écumait déjà les bistrots du bassin. Il s'assit à une table du fond et commanda un grand café et cinq croissants. Une espèce de Polnareff plantureux les lui apporta bientôt sans paraître remarquer le visage pas rasé ni les vêtements fripés de son client. Étrela avala le café d'un trait et dévora les croissants, avec un émiettement nerveux qui se dispersa jusqu'aux tables voisines. Après un tour aux toilettes, où sa figure chiffonnée l'effraya, il se décida à appeler sa femme.

Il fallut justifier la nuit, sans déshonneur mais en rhabillant les faits d'un peu d'héroïsme de série TV, tout en restant crédible. Difficile exercice qui devait rassurer Roseline. Elle était un peu jalouse et méfiante, connaissait le mobile bidon de la planque nocturne qui avait conduit les mariages de plusieurs de ses collègues au naufrage.

Le policier, le téléphone encore à l'oreille, étouffa soudain un rire. Un homme avait passé la porte. C'était Johnny Hallyday. Enfin, un vague souvenir, qu'on ne savait trop où situer chez le personnage : sur la tête, avec ébauche de banane décolorée, sur ses traits de *cow-boy* fatigué, ou simplement dans la tenue : une veste en jean à franges. En tout cas, le vrai, pourtant plus vieux, avait plus de maintien au niveau de l'épigastre. L'homme s'assit et commanda une bière. Un autre individu entra peu après. Celui-ci avait de faux airs de Dutronc, veste sombre, lunettes fumées, mèche de cheveux raides négligée par-dessus. Mais un Dutronc minuscule, à la calvitie fort entamée, comme le vit Étrela alors que l'inconnu s'asseyait devant lui, en face du pseudo Johnny Halliday.

Une femme avait suivi, grande blonde à veste en daim, impossible à identifier, accompagnée d'une petite boulotte à lunettes rondes et salopette : un Coluche féminin peut-être... Elles rejoignirent les deux autres à la table.

Étrela avait quitté Roseline maintenant. Il s'amusait à ce défilé pittoresque. Au suivant ! Le nouveau qui entra fit apparaître dans un rayon de soleil transversal le fantôme de Claude François. Un bref instant seulement. Car toute brillance disparut quand il s'avança, frêle jeune homme blond au regard éteint : aucune ressemblance de traits avec la vedette. La coupe de cheveux faisait tout, bien éclairée. L'illusion de la mise en scène. Les autres fêtèrent son entrée.

– Ah ! t'es le meilleur mon Clou-Clou ! lança la blonde en daim.

– Ouais, mais l'année dernière au *Durandal,* j'ai touché plus ! J'suis vanné ce matin. J'ai plus l'âge.

– L'avantage à l'*Aquarium,* c'est les consos gratos... fit remarquer le Johnny d'une voix fluette.

Étrela comprit. Un concours de sosies sortis de la boîte du coin. Amusant. Mais il fallait retourner au Havre maintenant.

Il se levait quand un nouveau client entra. Il se rassit et chercha un instant à quelle vedette celui-là pouvait ressembler. Il portait un petit bonnet noir sur la tête.

L'homme s'arrêta après avoir fait deux pas à l'intérieur du bar, ôta son couvre-chef, mettant à nu un crâne dégarni. Il s'approcha du comptoir et saisit un journal, l'ouvrit, commanda un café. Il bourra de tabac puis alluma une pipe qu'il avait sortie de sa poche de chemise.

– Le commandant Cousteau ! s'exclama Étrela.

Les sosies stupéfaits se tournèrent vers le lieutenant puis s'écrasèrent sur leurs tables, pris de fou rire. L'homme toisa Étrela avant de replonger dans sa lecture.

Le policier baissa la tête sur sa tasse vide. Il n'était décidément pas physionomiste. Ce handicap lui avait valu maintes fois les quolibets de ses collègues. De son comptoir, le Polnareff lança soudain la musique. Les Pogues investirent alors bientôt tout l'espace sonore du café de leur folklore débridé. Un chant de marins irlandais, éructé à grand renfort d'accordéons et de banjos, sortit amplifié d'enceintes pourtant minuscules.

L'homme au bonnet, qu'Étrela n'avait pas immédiatement identifié comme un marin de la caïque, tira de sa poche un portable qui sonnait. De là où se trouvait le lieutenant, un recoin de fond de bar saturé par le hurlement de la sono, nul n'aurait pu entendre cet appel. Étrela, si. Faidherbe avait le don olfactif, Étrela, lui, avait l'ouïe absolue. Et même « absolue, absolue » selon d'éminents oto-rhino-laryngologistes qui l'avaient testée dans toutes les fréquences : une faculté qui lui permettait à distance exceptionnelle de percevoir des nuances de sons les plus subtiles. Pendant les concerts punk-rock qu'il fréquentait assidûment, cette faculté lui permettait par exemple de profiter du jeu ténu d'une cymbale au milieu du maelström supersonique qui sortait des enceintes. Et ce loisir n'altérait en rien cette faculté exceptionnelle ; au contraire, il l'aiguisait au point qu'au Central havrais, on affectait souvent Étrela aux planques dans les « sous-marins ». Ainsi le lieutenant avait-il passé des journées entières, à l'intérieur de ces camionnettes banalisées aux enseignes d'artisans imaginaires, un casque énorme pincé sur le crâne, à devoir extraire quelques paroles intelligibles du brouhaha d'une salle de tripot. Jouer à l'oreille de génie excitait Étrela.

Au milieu de la musique, des interpellations et des reprises en chœur des refrains, il capta ceci :

– Salut Bernard... on plonge bientôt... oui... bah... le 30, tu sais bien.... Comment ça, t'as oublié ton mot ? J'te rappelle plus tard... Hein ? Tu pars ! Où ? Au Belize ? Dix jours ? Le bol ? Tu rentres le jour de la plongée quoi... Bon... t'oublies pas

111

cette fois et tu viens en tenue, pas comme l'autre fois, ... avec le masque sur les yeux, hein ? Fais pas L'con.... Bah oui, à l'estacade. Bon, j's'rai pas là, alors pour t'annoncer, tu dis...

Les verres s'entrechoquèrent, les sosies atteignaient le paroxysme du délire joyeux : le Dutronc se leva, portant haut son verre au refrain, sa chaise tomba, Clou-Clou dansait le twist en claquant des doigts.

La conversation téléphonique sentait le rendez-vous secret à plein nez. Malgré le vacarme croissant, Étrela put encore saisir les syllabes « catacombe » ou quelque chose de ce genre. Le type raccrocha, avala d'un trait son café. Il se retourna vers les joyeux sosies et désigna la porte en claquant des doigts. Tous se levèrent et le suivirent comme un seul homme.

Lorsque Étrela quitta à leur suite le *Tous à l'eau*, l'assistance entonnait en chœur la chanson du *France,* l'accompagnant de force trémolos, sanglotant les paroles à tue-tête derrière le bonnet qui ouvrait la marche. Les sosies chantants se dirigeaient vers le bassin où la *Callipyge* était mouillée. Le policier se dit qu'il allait falloir reprendre L'entraînement, essayer d'infiltrer ces comiques. Il devrait aussi regagner son club de plongée du Havre : concilier loisir et enquête.

Il rentra au Havre, rejoignit le Central, passa un appel à Faidherbe, enfin s'efforça de ne pas s'écrouler de sommeil sur les dossiers en retard.

Il se présenta à son ancien club à 18 heures. Une visite en coup de vent – Roseline s'impatientant —, pour une reprise de contact. Il y fut accueilli chaleureusement par les formatrices, qu'on appelait parmi ses collègues les « drôles de dames », trois jeunes femmes athlétiques et gracieuses, aux antipodes de la nageuse est-allemande aperçue à la Bénédictine.

Il allait replonger. Il connaîtrait de nouveau l'ivresse des profondeurs, l'étourdissement des fonds parsemés d'épaves et de détritus. Il serpenterait entre les corps des naïades accortes, moulées par leurs combinaisons argentées. Enfin, il renouerait avec ses anciennes amitiés au sein des replis sablonneux des ridins, rejouant les croisements des palmes au fond des barques, les clins d'œil derrière les masques de plongée. Roseline s'inquiéterait. Faidherbe pesterait. Tant pis, l'enquête exigeait ça de lui.

11

Un gros poisson russe

– Ça va mieux, mon commandant ?

Le massif Baudoin était maternellement penché sur Georges Faidherbe. Celui-ci restait assis sur les premières marches qui montaient à l'hôtel, encore étourdi, sous le choc de l'accident. Il s'en était fallu de peu que le policier ne fût écrabouillé, transformé en chair à paupiette au bout du fil téléphonique. La cabine vitrée avait explosé en gerbe sous l'impact de la Méhari folle. Des éclats de verre trempé avaient été projetés jusque-là et lui piquaient les fesses.

– Ça va... et Fèvre ? Il est dans quel état ? demanda Faidherbe.

Le commandant avait bien reconnu le bedeau au volant du bolide.

– Pas joli, joli. Les pompiers l'emmènent. C'est pas demain qu'on pourra le faire parler. Même quand il aura cuvé. Il empestait l'alcool.

– L'alcool ?

– A l'odeur, c'est une outre pleine de calva. Il carbure aussi pas mal à la Béné. Croyez-moi, j'ai le nez creux. Remarquez, à l'hosto, ils n'auront pas besoin de le désinfecter, ça fera autant d'économisé pour la sécu. Et désormais on ne lui remboursera plus les frais de dentiste.

– Ah bon ?

– Il a perdu sa dernière incisive dans le choc et le reste du visage n'est guère reconnaissable. C'est pourquoi je disais qu'il ne nous ferait pas de confidence avant un moment.

– Quand même, ivre à ce point dès le matin !

– Il y en a d'autres. Et qui vous dit qu'il ne l'est pas depuis hier soir ? En tout cas vous l'avez échappé belle. Dès que les toubibs le lâchent, moi je le boucle, martela Baudoin en frappant son poing droit dans sa main gauche. Une coïncidence

114

de plus, une de trop. Vous vous rendez compte, il a pris toute la rue à contresens, en pleine saison !

Troublé, Faidherbe ne répondit pas immédiatement. Il n'était pas persuadé qu'il s'agissait d'un accident dû à l'alcoolisme. Fèvre avait très bien pu boire afin de se donner le courage nécessaire à un nouvel assassinat. Pourtant le commandant jugeait le bedeau trop falot pour avoir eu cette initiative. À moins que ce ne fût le geste d'un désespéré ? Si ce n'était pas le cas, cela prouvait que son enquête parallèle dérangeait d'autres gens que l'adjudant-chef Jauvert. Mais, sur la Côte d'albâtre, plutôt tranquille, qui donc aurait l'audace d'éliminer un commandant de la police nationale ?

Georges Faidherbe se releva, aidé par le brigadier de gendarmerie. La foule s'était attroupée en contrebas autour de ce qui restait de la cabine et de l'auto. Lui-même s'était dégagé aussitôt et avait avancé comme un automate jusqu'à l'escalier où ses jambes avaient refusé d'aller plus loin. Ni Grâce ni Marigaux n'étaient dehors. N'avaient-ils rien entendu ?

– A propos, hier soir, par hasard, j'ai vu le gamin, Spiros, dit Faidherbe au gendarme. Il devait s'être approché des cuisines du casino, il n'est pas loin. Vous devriez peut-être aller voir dans cette vieille villa blanche.

Le policier désigna, au-delà du restaurant *Les Embruns* sur la pente est, une maison derrière sa véranda, qui semblait près de disparaître au milieu de la végétation. Il avait cru voir un reflet suspect à cet endroit juste avant l'accident.

– Ah que non ! répliqua Baudoin. La ville et la campagne, c'est terminé jusqu'à nouvel ordre. L'adjudant-chef Jauvert a fait sortir les Zodiacs, on fouille les valleuses d'Étretat à Fécamp, tous les abris accessibles par la mer et les gobes[25]. Il paraît que le gamin était un sacré pêqueux[26]. Mais comme le bedeau est pour l'instant muet et que mes pas me portent justement en direction de la *Maison des Terre-Neuvas* où je vais commander de la bière – mon frère arrive demain des

---

25. gobes : crevasses qui servirent d'habitations troglodytes dans les falaises.
26. pêqueux : pêcheur en dialecte normand.

Ardennes –, je vais y faire un crochet. Un reflet provenant d'une maison inhabitée cette saison, ce n'est pas anodin.

– Inoccupée... toute la saison ? s'étonna le commandant.

– Ce sont des amis de M. Lorraine. Ils passent tous les étés ici. Mais cette année, ils sont retenus aux Bahamas. Y a pire comme bagne ! Je prends la sente du calvaire, vous m'accompagnez en promenade ?

– Je suis désolé, je vais me changer et puis j'ai à faire du côté de la mairie.

Ce n'était qu'un demi-mensonge. Céleste Ouin, le croupier, père adoptif de Spiros, habitait au-delà de la mairie. De plus, Faidherbe voulait passer au bar-tabac pour appeler Bouilleux. Maintenant que sa cabine habituelle était hors d'usage, la compagnie de Baudoin n'était pas souhaitable.

L'hôtel était silencieux, Marigaux absent et Grâce muette ou envolée. Il lava ses mains qui tremblaient encore, but un verre d'eau, avala un comprimé supplémentaire. Puis il se changea et ressortit en direction du bar-tabac de la plage.

Le patron était très occupé. Pas le temps de faire la conversation.

Il lâcha cependant, déjà au courant de tout :

– Vous l'avez échappé belle ! Y en a même un qui m'a dit que vous étiez mort, le con ! Vous avez de la veine, je vous offre un verre.

Il semblait que tous les estivants avaient besoin de tabac afin de se prémunir du grand air marin qu'ils allaient subir sur la plage. Les mamies se succédaient aussi, venues acheter des jeux à gratter. De temps en temps, on réclamait au commerçant un journal. Une gamine n'en finissait pas de choisir une carte postale, faisant grincer le tourniquet. Cependant l'homme lançait au commandant des clins d'œil entendus qui voulaient dire : « Nous sommes vivants. Toi, tu consommes, moi, je travaille ». Au bout du zinc, Faidherbe dégustait un petit blanc, le combiné sur l'oreille, avec un sourire encourageant à l'adresse du bistrot.

Bouilleux, fidèle au poste, était au bout du fil.

– Un gars de la D.C.R.I m'a renseigné. Les services sont prodigieusement intéressés. Tu as mis le doigt sur un gros poisson : Sergueï Fedorovitch Perrine n'est pas une Enfant de Marie. C'est un ex du service action du KGB, plus de férocité qu'un orque et moins de compassion qu'un asticot.

– C'est un bon début, dit Faidherbe, impressionné. Intelligence de cette brute ?

– Détrompe-toi, à côté de lui Machiavel aurait pu passer pour un débile profond.

– Comment se fait-il qu'aussi doué, cet homme des services secrets ne soit pas au Kremlin.

– Perrine a quatre sérieux handicaps : il boit trop, il joue trop, il est impuissant et...

– Comment ça, impuissant ? demanda le commandant.

– Lors d'une mission, il a été arrosé au pistolet-mitrailleur. Les chirurgiens soviétiques n'ont pas pu tout sauver de la passoire. D'ailleurs, eux-mêmes, n'ont pas survécu longtemps à l'opération : Perrine leur a fait payer cher la perte du petit frère et des deux orphelines. Le bruit a couru que l'un a été retrouvé macérant au fond un grand bocal de formol comme un cornichon dans son vinaigre. Un autre est mort d'une hémorragie après avoir eu les mains arrachées par je ne sais quelle machine... On cherche encore les morceaux du troisième à la pince à épiler... Il paraît que même les gars du KGB s'en sont émus.

D'un geste du pouce, Faidherbe commanda un nouveau blanc, à son compte cette fois.

– Tu m'en diras tant, et le quatrième handicap ?

– Il n'est pas russe, seulement biélorusse ; donc, pas de Kremlin possible, de nos jours.

– Et depuis la fin de l'URSS, qu'est-il devenu, qui pourrait expliquer sa présence par ici ? Diamantaire ou homme-grenouille, lui aussi ? demanda Faidherbe en repensant à Yannis Lorraine

– Pas du tout, il s'est recyclé dans le développement durable : il revend du matériel reconditionné de l'ex-Armée

Rouge, prélevé de manière plus ou moins frauduleuse parmi des stocks secrets, avec des complicités haut placées. C'est de la grosse rénovation. Inutile de s'adresser à lui pour un lot de misérables Kalachnikovs et leurs munitions. Il s'est fait une spécialité des missiles, radars mobiles, torpilles, mines, etc.

– La clientèle ?

– En général extra-européenne, mouvements de libération, rebellions, milices et groupes terroristes sans doute... Vous avez des terroristes à Yport ?

– Pas que je sache, récemment un assassinat et une mort suspecte que je prenais un peu pour de la routine. Et puis, on a failli m'écraser. C'est peut-être un accident. Il faut savoir rester modeste.

– Fais gaffe, Georges. Je trouve que ça fait beaucoup, surtout si un ex-barbouze comme Perrine est passé dans les parages. En tout cas mon collègue de la D.C.R.I. a pris ça très au sérieux et fait le nécessaire afin que les services se lancent sur la trace de Perrine. Un ponte du trafic d'armes ne vient pas sur la Côte d'Albâtre sans raison.

– Il est déjà reparti, mais je vois tout ça d'un œil nouveau.

– Tu ferais mieux de laisser tomber et venir passer quelques jours à Mers-les-Bains, J'y ai une villégiature de bobo parisien depuis peu, un vrai paradis. Dès que les barbouzes auront débarqué à Yport, ce sera invivable pour toi là-bas.

– C'est gentil, Lionel, je viendrai plutôt à Paris en novembre. Merci encore.

Au moment de régler, Faidherbe acheta une boîte de cigares puis demanda au patron :

– Parmi les gens qui vous ont donné les numéros de téléphone l'autre jour, y avait-il quelqu'un que vous connaissiez ?

– Ben oui, j'y pensais p'us : M'sieur Ouin. C'était un des premiers, j'avais pas très bien compris de quoi il s'agissait. Donc j'y ai pas fait attention, d'autant moins que les suivants étaient gratinés. Alors, elle avance votre enquête ?

– L'enquête, c'est les gendarmes qui la font, mon ami. Moi, je lie connaissance avec Yport, c'est tout.

– C'est beaucoup.

Le cafetier n'était pas dupe.

– Ce gamin, Spiros, il est pas facile mais il est amitieux quand même, reprit-il. Donc ça m'étonne qu'il ait fait ça à l'abbé et à son père. Ça m'étonne même beaucoup.

– Nous en reparlerons, lança le commandant avant de sortir du bar.

Après avoir quitté le front de mer, il passa devant le bâtiment à colombages de la mairie puis longea la grille d'une imposante bâtisse début XXe aux volets bleus. La rue montait. Faidherbe commençait à sentir une certaine fatigue. Heureusement le logement du croupier intérimaire, une maison jumelle de silex et briques, n'était pas loin. C'est au moment où Céleste Ouin lui ouvrit la porte qu'il repensa soudain à son Étrela en cuve que l'accident de la cabine téléphonique lui avait fait oublier. « Qu'il se débrouille ! Quelle idée il a eue aussi de se fourrer dans un tonneau ! » marmonna Faidherbe pour se justifier à ses propres yeux de faire passer son enquête clandestine avant la libération de son subordonné.

Le veuf le fit asseoir devant une table encombrée de boîtes noires à fond clair, pleines de dizaines d'insectes épinglés. Ouin s'installa en face du policier, tournant le dos au buffet où s'alignaient la vaisselle et le cristal impeccablement rangés.

– Je vous attendais, dit Ouin. Ils ont attrapé mon Spiros ?

– Pas encore. Je ne suis pas venu pour lui, vous le savez bien.

L'homme baissa la tête, les bras sur la table, il croisait et décroisait des doigts compulsivement. Apitoyé par l'angoisse palpable de son interlocuteur, Faidherbe décida de détendre l'atmosphère. Montrant de l'index les boîtes, il demanda :

– Vous êtes collectionneur ?

Ouin souleva un coin de ses lèvres tombantes.

– Plus que cela, je consacre une partie de mes loisirs à l'entomologie. Mon fils, c'est les poissons. Moi, j'ai la passion des insectes. Il y a mille choses curieuses. Vous voyez ces lucanes-là ?

Céleste Ouin montrait du doigt une ligne de gros coléoptères noirs dotés de pinces plus ou moins formidables que le policier reconnut pour des cerfs-volants que, au cours de son enfance en Vendée, il chassait les soirs de juin en les abattant en vol avec sa blouse d'écolier.

– Eh bien, chez le *Lucanus cervus*, celui qui possède les plus grosses mandibules a les plus petits testicules, dit le croupier entomologiste.

– Je sais par expérience qu'il ne faut pas se fier aux apparences, mais j'aurais parié le contraire, commenta Faidherbe avec un étonnement sans feinte.

Le policier avança la tête pour mieux observer les spécimens.

– Même si je les retournais, vous ne remarqueriez rien. Il faut ouvrir et étudier ça au microscope.

– Armand Bernicle partageait la même passion ? s'enquit le commandant.

– Pas du tout. Lui, c'était la pêche comme Spiros et la cuisine comme ma femme. Ça nous a rapprochés. Après la mort de Gaëlle, il venait nous voir, il s'est mis en tête de m'apprendre à cuisiner. J'y ai pris goût, j'allais chez lui avant le boulot, j'apprenais et je l'aidais, ça me changeait les idées. Le petit, quand il ne faisait pas de la chasse sous-marine, allait pêcher avec lui ou ils faisaient de la plongée au club. Il y avait l'abbé aussi...

Il y eut un moment de silence. L'homme mit une main devant ses yeux et se mit à sangloter doucement, quasi silencieusement.

– Qu'est-ce qui vous a fait mettre son nom sur la liste des vidéastes amateurs de la plage ? demanda Faidherbe avec autant de douceur qu'il put mettre dans sa voix en guise de consolation.

Sans découvrir ses yeux, Ouin expliqua d'une voix enrouée de chagrin :

– Quand j'ai vu ce qui arrivait à l'abbé Lecornuc, j'ai compris qu'Armand aussi était en danger. Vous m'avez donné aussitôt le moyen de vous prévenir indirectement. Après, j'ai eu trop de soucis avec Spiros : il avait disparu, les gendarmes le recherchaient. Le lendemain, c'était trop tard. Armand y était passé. Si j'avais su, si j'avais su...

De nouveau il se tordait les doigts, Faidherbe en eut presque la nausée.

– Vous étiez au courant de menaces précises contre les deux hommes ?

– J'étais au *Bouquet* quand monsieur le curé est venu voir Armand, en pétard : « Ils sont devenus fous, fous, je te dis», il criait, en tournant en rond autour d'Armand en tablier, qui n'osait plus poser sa poêle de peur de le brûler dans le mouvement.

– L'abbé parlait de qui ?

– De gens du club de plongée sous-marine, les Yportnaucrates. À ce que j'ai compris, certains voulaient établir un sanctuaire sous-marin, une sorte de mausolée, quelque chose dans ce goût-là. Le curé n'était pas du tout d'accord. En plus, il l'avait appris par hasard, c'était une sorte de secret. D'ailleurs Spiros ne m'en avait pas parlé. Je crois qu'il n'était pas au courant non plus.

– Un sanctuaire pour protéger les poissons contre la surpêche ?

– Pas du tout. Ça, ni l'abbé Lecornuc ni Armand n'auraient été contre. Non, une sorte de monument à la fois artistique et religieux, un mausolée quoi.

– Qu'est-ce que les deux hommes ont décidé ?

– M. l'abbé voulait se précipiter à la gendarmerie. Armand lui a fait observer qu'ils manquaient de preuves. Il fallait patienter jusqu'à la prochaine réunion du club. Alors, tous les deux, ils crèveraient l'abcès. Ils devaient savoir avant tout qui participait à ce projet clandestin. Lecornuc s'est mis en colère. Il m'a pris à témoin : « Ce nigaud ne se rend pas compte qu'ils veulent couler un bateau ! Nous n'allons pas les laisser faire. »

– Ça se fait assez souvent, objecta le policier, de transformer de vieux bateaux en épaves.

– C'est bien ce que je me suis dit.

– Et ensuite ?

– Je n'ai pas pu suivre, la mère Hâquehain est venue me chercher parce que le gamin avait encore fait des siennes : on me demandait à la mairie.

– Ainsi madame Hâquehain était là. A-t-elle pu suivre la conversation ?

– Sans doute, monsieur le curé donnait de la voix. Et quand il est tombé sur la plage, en pleine santé, tout ça m'est revenu. Qu'est-ce que vous allez faire maintenant ?

Ouin posait sur le policier des yeux gris vert qui nageaient au-dessus de poches à plis multiples soulignées de cernes, comme deux huîtres dans leur coquille en attente d'être gobées.

– Trouver du sens à tout cela et vérifier.

– C'est tout ! s'exclama Céleste Ouin sans cacher sa déception. Vous n'arrêtez personne ? Vous n'innocentez pas mon Spiros ?

– Je ne suis pas officiellement chargé de l'enquête sur le ou les assassinats. Allez voir les gendarmes, faites une déclaration spontanée.

– Ils ne me croiront jamais, ils seront persuadés que j'essaie de disculper mon garçon. Déjà qu'ils m'ont à l'œil depuis sa disparition.

– Rassurez-vous, ils prendront note. Les idées feront leur chemin sous leurs casquettes aussi. Moi, je m'occupe de l'autre affaire, l'énorme, qui se profile à l'horizon, ajouta le policier pour justifier mélodramatiquement sa présence dans cette salle à manger. Une dernière question, privée, si vous permettez : pourquoi Spiros ne porte-t-il pas votre nom ? Vous l'avez bien adopté, n'est-ce pas ?

122

– Pour l'état civil, Spiros, Julien, comme moi, Phocas-Ouin mais il se fait appeler Spiros Phocas tout court depuis la maternelle, tout le monde a suivi. Moi, par exemple : je m'appelle Julien et Céleste, comme mon grand-père. Ma grand-mère, qui m'a élevé, m'a toujours appelé Céleste comme son défunt mari. Toute la famille a fait pareil. C'est une tradition familiale, quoi. On la respecte.

– Eh non, c'est même le contraire, observa le policier. Lui a choisi son nom et l'a imposé à tous, ajouta-t-il.

Le commandant y voyait un signe que l'enfant n'avait pas vraiment accepté son adoption.

Il reprit :

– Dites-moi, en quels termes était-il avec Fèvre, le bedeau ?

– Bons termes, ils se voyaient à l'église et au club.

– Au club ? s'étonna le policier.

Faidherbe imaginait mal le bedonnant bedeau de soixante-cinq ans passés pratiquer la plongée.

– Qu'est-ce que Fèvre y faisait ? reprit-il.

– C'est un ancien marin. Il y tuait le temps, il aidait à l'entretien du matériel et des locaux, un peu de pêche aussi sur les embarcations du club pendant que les autres étaient sous l'eau. Une sorte de *factotum,* pareil qu'à l'église. Pourquoi ?

– Juste pour savoir, comme ça. Vous avez revu votre fils ?

L'homme dit dans un souffle :

– A vous je peux le dire... Je le croise seulement. Il a peur. Il a faim. Il a froid la nuit. On croirait une bête sauvage. Si Gaëlle le voyait, elle serait folle. Je lui crie : « Tiens bon !» Il a du cran, vous savez. Il est innocent. Combien de temps encore tout ça va durer, commandant ?

– Deux jours, trois au plus, dit Faidherbe. Dites-lui, qu'il tienne encore trois jours, qu'il y a du monde avec lui, que j'aimerais lui parler. Et surtout, qu'il ne fasse pas de bêtise. Je me suis laissé dire qu'il lui arrivait d'avoir des bouffées de violence.

– On a beaucoup exagéré. En tout cas, jamais contre ma femme ni moi.

– Je ne pensais pas à vous, répondit Faidherbe, qui faisait allusion aux gendarmes.

La confusion d'Étrela lui revint à l'esprit.

– Vous lui connaissez un sosie, un gamin de son âge qui lui ressemblerait à s'y méprendre ?

– Spiros, non. Je ne vois pas... Attendez... Le fils aîné du docteur Rouvray, de Fécamp, est toujours fourré avec lui quand il est ici. Ils sont de même taille et les gens qui ne les connaissent pas les prennent pour des frères. De là à les confondre... il ne faut pas avoir les yeux en face des trous.

Faidherbe se promit de ne pas rapporter l'observation blessante à son lieutenant.

Comme il sortait, il demanda à Ouin s'il connaissait l'adresse de la sœur du bedeau.

La mère Hâquehain habitait, plus haut, une maisonnette de brique au toit d'ardoises, décorée de quelques carreaux de faïence, enfoncée dans les frondaisons des hêtres qui bordent l'allée des Corderies.

Quand la vieille femme vit le policier à sa porte, elle ne lui fit pas bon visage. Appuyée sur une brosse à pavé, comme Athéna sur sa lance, un bonnet de laine raide sur la tête, en blouse de nylon grise à rayures, le couvercle d'une poubelle ou d'une lessiveuse métallique à la main gauche, elle gardait le seuil de sa maison, bien décidée à ne pas laisser entrer le commandant.

– Excusez-moi de vous déranger pendant votre ménage, commença Faidherbe avec prudence.

– C'est p'us le ménage, je joue Brunehild avec la radio : Sigurd vient de me réveiller, répliqua-t-elle, drapée dans une fierté de vierge guerrière. Mon rôle favori, si j'avais pu fé' carrière. Est à cause de mon pé qu'a point voulu.

Les derniers mots avaient été prononcés accompagnés d'un grognement où perçaient toute l'amertume, toute la rancune d'une vocation contrariée. Mais cela ne rebuta pas

Faidherbe. Le commandant ressentit même une bouffée soudaine de sympathie envers la mère Hâquehain. Un peu de l'admiration amoureuse qu'il éprouvait pour Grâce enveloppa la cantatrice avortée.

– Je viens encore au sujet des drames récents.

– J'ai déjà tout dit, bougonna Brunehild, impatiente de retourner sur sa scène imaginaire.

Faidherbe décida de la déconcerter.

– Chère madame, je ne viens pas vous interroger... Bien au contraire... Je suis venu vous faire quelques révélations.

Elle hésita, entre la curiosité et l'hostilité. Le policier poussa l'avantage.

– Votre frère vient d'être admis à l'hôpital.

– Lequel ?

Faidherbe ignorait que la mère Hâquehain eût un autre frère à Fécamp. Il y eut *quiproquo*.

– L'hôpital Monod du Havre.

– Quel frère ? J'veux dire.

– Fulgence Fèvre, le bedeau, c'est bien votre frère ? Il a eu un accident.

La curiosité l'emporta, la femme le fit entrer.

Il faisait sombre dans la pièce unique qui servait de cuisine, de salle à manger et même de chambre puisqu'un lit d'une place en occupait le fond. Le carrelage de tomettes brillait, humide de condensation. Une odeur de chlore flottait à travers la pièce. Elle se mêlait à celle de pommes vapeur. La soupape tournante de la cocotte-minute sifflait doucement sur la gazinière, couvrant un peu le *Sigurd* de Reyer que diffusait un petit poste de plastique blanc crème datant du début des années soixante.

– Qu'est qu'i' est arrivé ?

– Ce qui arrive quand on parle trop. Ça finit toujours mal.

– Parlez pas avec des détours.

– L'autre jour, vous avez entendu une conversation au restaurant entre M. Bernicle et l'abbé Lecornuc. Le curé était en

125

colère. Cette conversation, vous l'avez rapportée à votre frère, le bedeau.

– J'ai point déparlé, dit la femme avec un air buté, confirmant l'hypothèse du policier.

– Vous n'avez pas déparlé, mais par malheur cette conversation a déplu à des gens décidés et dangereux que votre frère fréquentait. Ils ont tué le curé, ils ont aussi assassiné votre employeur parce qu'il contrariait leurs plans.

– Monsieur Armand n'avait point d'ennemis, sauf les crustacés, je l'ai déjà dit.

– Il faut croire que si. Des ennemis que vous ne connaissiez pas – j'innocente les crabes et les homards – mais que votre frère connaissait.

– Ils l'ont attaqué aussi ? Comment ?

– Il a eu un accident de voiture. Il est grièvement blessé. Tout ça à cause de vous et de votre bavardage. Alors il vous faut réparer... réparer le mal que vous avez déclenché, madame Brunehild... pardon madame Hâquehain, autant que vous pouvez.

– Je réparerai qu'en présence de mon fils, répondit la Brunehild de la cocotte-minute.

– Pourquoi ? Il est avocat ?

– Non, il est à Fécamp.

Faidherbe se demanda si c'était de la mauvaise volonté ou de la bêtise. Il opta pour un mélange bien dosé des deux.

– Nous n'avons pas le temps d'attendre, reprit le commandant. Votre frère vient d'être transporté à l'hôpital Monod du Havre. Qui sait s'il survivra longtemps ? À vous de réparer immédiatement, et toute seule.

– Comment ? demanda l'Athéna des serpillières.

Elle rendait les armes. Elle se débarrassa de sa panoplie de Brunehild dans un coin de la pièce, s'abattit sur une chaise, posant un œil accablé et l'autre plein d'espoir sur le policier. Il lui en manquait un troisième pour exprimer sa défiance native.

– Je vais vous le dire... Enregistrez bien et ne m'interrompez pas. Vous allez appeler un taxi, – je paierai le taxi − vous rendrez visite à Fulgence Fèvre à l'hôpital. Vous allez le plaindre beaucoup, pleurer un peu. Vous lui demanderez quelle brute l'a mis dans cet état-là. Il ne vous répondra pas. Vous demanderez si c'est à la suite de vos paroles, par hasard, qu'on lui a donné l'ordre de tuer l'abbé révolté. Il vous répondra d'un signe de tête ou de la main. Il ne peut pas parler. Vous lui direz que vous lui pardonnez s'il vous confie qui a donné cet ordre. Il s'agitera désespérément car il se croira encore menacé. Il vous signifiera aussi que de toute façon il ne peut pas dire un mot. Dites-lui qu'il est près de mourir, que ce n'est pas le moment de faire des histoires. Vous demanderez alors si ce ne serait pas M. Lorraine, le responsable de cet ordre. Votre frère acquiescera. Vous lui accorderez votre pardon puis vous reviendrez à *La Conque marine* me confirmer sa confession.

− C'est tout ? dit la veuve avec un soulagement évident.

− C'est déjà pas mal non ? Vous aurez fait tout votre possible pour éviter que les drames affreux de ces derniers jours ne se transforment en catastrophe. C'est beaucoup ça.

Pendant qu'elle enfilait un manteau, Faidherbe appela un taxi. Ils restèrent silencieux tous les deux en attendant. Le policier caressait un chat blanc qui était descendu de l'étage et se frottait contre sa jambe, la vieille femme tricotait des lèvres des prières muettes.

Le chauffeur fut très vite là. Instructions prises, il emporta la mère Hâquehain par la route de Vaucottes. La cocotte-minute avait cessé de siffler dans la petite bâtisse de briques et de silex. La radio dont les boutons tournaient en roue libre s'était tue après que Faidherbe l'eut débranchée. Le chat était sorti prendre le soleil sur la table verte du jardinet. Le commandant reprit l'allée ombragée d'un pied alerte. Il avançait.

Il remonta la route sur quelques dizaines de mètres puis prit sur sa droite une sente qui menait gentiment au Chemin des Amoureux sur le flanc ouest de la valleuse. Redescendant en direction de la plage, il passa devant une maison de briques dont les grandes croisées bleues occultées par des rideaux donnaient sur deux rues. La bâtisse fermait l'angle. Une plaque peinte au-dessus de la porte indiquait sur deux lignes : « LES YPORTNAUCRATES, Association culturelle et sportive, marine et sous-marine ».

Faidherbe monta le perron de pierre frappa au carreau, appuya une sonnette de cuivre, actionna la clenche. En vain. Comme il se hissait sur la pointe des pieds pour essayer de voir par-dessus le rideau blanc dissimulant l'intérieur, une petite vieille en tablier de cuisine sortit d'une habitation voisine. Elle venait récupérer un chat noir. Le matou dormait en plein milieu de la rue, affalé sur l'asphalte surchauffé.

Avec un accent marseillais, inattendu à Yport, la vieille cria au commandant plutôt qu'elle ne lui demanda :

– Alors, il n'y a personne ?

– Je crois que non, répondit Faidherbe.

Elle s'approcha vivement.

– Tenez Pompon, s'il vous plaît, dit-elle en lui jetant presque le gros chat dans les bras.

Elle se mit aussitôt à tambouriner sur le carreau en vociférant :

– Monsieur Fèvre, il y a du monde !

La situation n'évoluant pas, levant la tête vers le policier, elle conclut :

– Eh bé, non, il n'y a personne. C'est pas courant. D'ordinaire, monsieur Fèvre est là quand il n'est pas à l'église. Ce matin, j'y ai pas fait attention, Bonne Mère. Il faudra revenir, mon pauvre monsieur.

Faidherbe lui rendit son chat. Pompon avait laissé deux brosses de poils noirs sur sa veste d'été claire.

– C'est très fréquenté d'habitude ?

La vieille leva les yeux au ciel en secouant le chat comme pour le bercer. Le matou commençait à s'agiter.

– Pensez-vous ! Ils vont plutôt à Fécamp à cause du port, peuchère ! Monsieur Fèvre s'en plaint assez. C'est ici le bureau du club, mais ils ont un local plus important là-bas avec plus de matériel, des gros bateaux. Moi, je ne sais pas, j'y suis jamais allée. C'est monsieur Fèvre qui me l'a dit.

Elle vrilla ses petits yeux noirs et perçants dans ceux de son interlocuteur.

– Vous aussi, vous voulez aller sous l'eau, à votre âge ? Comme s'il n'y en avait pas assez des gens sous l'eau. Mon mari était un marin d'ici. J'ai quitté mon Marseille pour lui. Si j'avais su, Bonne Mère... Perdu en mer avec tout l'équipage du chalutier. Eux, ils auraient bien voulu ne pas y aller, sous l'eau. Maintenant je suis veuve, alors la mer, je l'abomine.

Pompon se tortillait, cherchant à sauter des bras de sa maîtresse. La femme le retenait fermement tout en s'essuyant une larme d'un coin de son tablier.

Faidherbe était embarrassé, il ne souhaitait pas entendre la veuve raconter toute sa vie.

– Je suis désolé, bredouilla-t-il.

Cette réponse la ragaillardit.

– Ne vous en faites pas, brave homme, j'ai l'habitude du malheur. Tenez, pas plus tard que le 15 août, on nous a tué notre curé, Bonne Mère ! Pauvre homme !

Elle fit une pause pour observer l'effet de la nouvelle sur l'inconnu.

Faidherbe ne put s'empêcher de la dépiter :

– Je sais, hélas !

La vieille n'était pas du genre à lâcher un confident de fortune, elle enchérit :

– Mais ce que vous ne savez pas, sans doute, c'est que maintenant, on nous l'enterre en Bretagne, même pas ici ! C'est tout frais d'hier. Et Dieu seul sait quand on nous en trouvera un autre, de curé. Ils se font rares par les temps présents.

Elle fit une pause, levant des yeux soucieux vers le ciel comme pour sentir venir l'orage, à l'égal d'une des sept plaies d'Égypte, avant de livrer le fond de ses soucis.

– Dans un pays de pêcheurs, le malheur n'est jamais loin, croyez-moi. On a bien besoin du Bon Dieu et de la Bonne-

Mère. Les vivants, ils se débrouillent mais les pauvres morts comme mon Gervais, ils ont besoin de nous et du curé.

– Ma foi, c'est bien vrai, répliqua le policier qui cherchait comment se débarrasser d'elle courtoisement.

Le visage de la vieille s'éclaira.

– Je suis bien contente que vous alliez dans mon sens, brave homme. Mais je ne peux pas rester là à vous faire la conversation, la soupe tourne, il faut que je rentre. Je dirai à monsieur Fèvre que quelqu'un l'a demandé.

Elle rentra chez elle. Faidherbe, que cette dernière phrase rendit pensif, la vieille n'ayant pas pris la peine de s'enquérir de son nom ou de sa qualité, prit la direction de la place Laurens. Il voulait passer à la pharmacie. Il se dit aussi qu'il avait une chance encore de retrouver Baudoin à la *Maison du Terre-Neuvas*, juste à côté, avant le déjeuner.

L'horloge bloquée de la tour pointue de l'*Hôtel Normand* indiquait midi douze, comme d'habitude. Le magasin était ouvert. Baudoin goûtait les breuvages dont il passait commande. Son œil brillait, il avait le verbe haut.

– Ah, mon commandant ! Vous tombez bien ! s'exclama le gendarme. Je noie mon humiliation dans ces excellentes bières. Joignez-vous à moi. C'est à cause de vous !

– Que voulez-vous dire ? demanda Faidherbe en tendant la main vers le verre mousseux qu'on lui offrait.

– La maison n'était pas vide, c'est vrai. Mais c'est pas le galapiat que j'y ai trouvé. Il ne s'y cachait pas. C'est monsieur Lorraine, en personne, et ses collaborateurs. Ils étaient venus aérer et vérifier que tout allait bien.

– Tiens donc, s'étonna le policier, encore une coïncidence.

– Comme vous dites. Monsieur Lorraine, chez ses amis... J'ai eu l'air bête. Il a été poli, mais quel mépris ! Ces gens-là, parce que ça tutoie des ministres, ça se prend pour le Bon Dieu.

– Bonne Mère, à qui le dites-vous Baudoin !

La bière forte sur son estomac à jeun embrouilla vite l'esprit du commandant. Il se sentit soudain épuisé de sa matinée. Il précipita leur départ.

– Pour la peine, je vous invite à déjeuner avec moi à la *Conque*, proposa-t-il à Baudoin.

De loin, il vit qu'il ne restait plus trace de l'accident, sinon la carcasse d'aluminium de la cabine, tendant vers le ciel sa structure défoncée, difforme, à l'aspect d'une sculpture moderne torturée.

Marigaux occupait de nouveau son poste à la réception. A la vue de Faidherbe, il se précipita sur le policier, le tâtant, le palpant comme s'il évaluait la qualité de ses vêtements. Il s'assurait seulement qu'il était bien vivant.

– Quelle chance ! Mon Dieu, quelle chance, commandant ! Et dire que je n'ai rien vu. J'étais à la cave à bricoler sur le tableau électrique. Un appareil défaillant à la cuisine a tout fait sauter. Le magnétophone de Mlle Grâce en a rendu l'âme, je n'ai pas pu le lui remettre en état. Vous... toi... lui, il est bien sain et sauf, c'est le principal. J'suis content, quelle chance ! Non, mais quelle chance ! Il faut prendre un billet de loterie.

« Heureusement, pensa le policier, que cet enthousiasme harassait, Marigaux ne fait pas le service du restaurant. »

Après le repas, pendant lequel il mit au courant Baudoin de ce qu'il croyait savoir, il remonta lourdement vers sa chambre. Il sentait le besoin d'une longue sieste. Par chance, Grâce n'était pas là.

Faidherbe allongea pesamment sa longue carcasse sur son lit et ferma les yeux. Il sombrait dans le sommeil, percevant à peine les bruits de plage et de circulation à travers la fenêtre dont la vitre coulissante n'était pas descendue complètement. Il se sentait assommé de fatigue, alourdi par un petit Chablis que Baudoin avait absolument tenu à lui faire goûter. Soudain, au sentir d'une fragrance déjà perçue de bar frais sur lit de goémon, il eut le sentiment d'une présence. Il tourna la tête.

Au coin de la chambre, entre la porte de la salle de bains et la fenêtre, Spiros se tenait debout et le regardait.

– Qu'est-ce que tu fais là ? Comment es-tu entré ? demanda le commandant d'une voix ensommeillée.

Ce n'était pas le bon moment. Il ne voulait rien savoir, seulement dormir, luttant pour garder un peu de conscience.

– Je passe partout où je veux, répondit Spiros avec insolence. L'autre jour, c'est moi qui étais planqué chez la demoiselle. Je vous ai défoncé le bide. Ah, j'étais mort de rire en y repensant. Vous aviez les yeux hors de la tête, la bouche ouverte... comme le poisson de la fontaine, à la pataugeoire ! Ah ! Ah ! Bon, on m'a dit que vous vouliez me parler.

« Qu'est-ce qui a pu le décider ? » se demanda Faidherbe pendant que le garçon continuait.

– De toute façon, tout est foutu. Je préfère vous raconter ça à vous qu'aux autres qui me pourchassent.

Le policier respirait difficilement. Il se demanda s'il n'allait pas avoir un malaise. Il fit un geste de la main par lequel il voulait remettre à plus tard l'entretien. Spiros prit ça pour un geste d'encouragement à continuer.

– M'sieur Fèvre devait me faire connaître mon vrai père. Après son accident, ça m'étonnerait que ce soit possible, vu qu'il est salement amoché. Mon père était un marin comme lui, qu'il m'a dit, plus jeune, bien sûr.

Faidherbe était à la torture. Il luttait du restant de ses quelques forces contre le sommeil, tâchant d'enregistrer les déclarations du gosse. Il essaya de lever sa tête qui retomba lourdement sur l'oreiller.

– C'est pour ça que j'ai rien dit. Je voulais pas qu'on arrête M'sieur Fèvre. Il savait que je gardais toujours du matériel dans la trappe du canot. J'ai pas vu le coup venir pendant la cérémonie, je m'y attendais pas. Un assassinat, devant moi, trop abusé ! Un bout de flèche dépassait. Je l'ai bien reconnue. Une super flèche,– je n'en avais jamais vu de pareille –, je l'avais échangée à Matthieu Rouvray, un copain, qui l'a piquée à son père, de fabrication américaine à ce que m'a dit Matthieu. J'ai su tout de suite que les gendarmes allaient m'accuser. Ils en ont après moi... On s'est grave embrouillés.

Le garçon observa quelques secondes de silence avant de reprendre.

– Bon... Qu'est-ce que vous allez faire maintenant que j'ai tout dit ?

Faidherbe lui sourit et tourna la tête vers le plafond. Ses yeux se fermèrent et il se mit à ronfler.

L'enfant regardait, éberlué, le grand corps endormi.

– C'était bien la peine, marmonna-t-il pour lui-même. Bouffon, va !

Il se glissa hors de la chambre puis disparut dans le couloir.

12

Le fond de l'art effraie

Faidherbe n'aime pas les cabrioles arrière. Elles lui retournent l'estomac. Maintenant, avec des mouvements puissants, il s'applique à s'écarter du canot sous les sarcasmes de collègues jaloux, les quolibets assourdis, noyés dans le froissement de son propre mouvement :

– Pour six euros de prime ! Qu'est-ce qu'il n'est pas capable de faire, le monsieur Hulot de la criminelle !

L'adjudant-chef Jauvert est là. Debout dans l'embarcation, balancée par le tangage, il le met en joue avec une arbalète à congre afin de l'empêcher de faire demi-tour.

À quatre ou cinq mètres du bateau, Faidherbe plie son corps à angle droit, la tête vers les fonds, bascule les jambes, et commence à descendre. Des mains invisibles, sensiblement fraîches, lui caressent le corps, pourtant l'eau ne semble pas avoir de température. Une forte excitation se diffuse à travers son corps, exaltée par le sentiment d'extrême liberté qu'il éprouve depuis qu'il s'est enfoncé dans la masse liquide silencieuse. L'équilibrage sur son dos de l'unique bouteille qui constitue sa réserve d'air s'est révélé d'abord un peu laborieux. Puis plus aucune gêne. Tout baigne.

– Jusqu'où ne descendrez-vous pas, commandant Faidherbe ?

La petite Olga d'Étrela a prononcé ces mots, de sa voix de nourrisson. Elle parle comme une académicienne. Le bébé vient à sa rencontre sans équipement. Les enfants ont des capacités d'adaptation étonnantes de nos jours ! Collée contre Faidherbe et jouant avec les bulles qui sortent de son détendeur, Olga le guide en direction d'une masse noire gigantesque posée de tout son long entre deux ridins, comme entre deux crevasses de sable : le paquebot *Normandie,* pourtant brûlé sur les quais de Manhattan en 1942, se trouve échoué là ! Comme un animal blessé se traîne de ses dernières forces vers sa tanière, le colosse incendié est venu mourir sur ses fonds baptismaux. L'immense carcasse calcinée est sinistre, effrayante même. Faidherbe voudrait faire demi-tour pour ne plus la voir, mais Olga insiste en souriant. Ils passent au-dessus des cheminées. La petite montre du doigt une forme claire s'avançant à leur rencontre. Incroyable ! La déesse Vénus en personne, moulée dans une combinaison jaune, nage vers eux. Bientôt elle a défait sa cagoule et sa longue chevelure s'est déployée autour de sa tête comme une créature marine. C'est Grâce de Sainte-Bove ! La jeune femme sourit à Faidherbe, s'approche, lui enlève son masque, l'embrasse avec fougue, et lui insuffle son propre oxygène. La petite Olga, à ce moment, tapote l'épaule du commandant, pose son poing fermé sur son crâne et fait signe qu'elle remonte, laissant les deux adultes en corps à corps. Une demi-heure d'apnée : pas mal de la part d'un bébé.

Grâce porte une combinaison qui s'ouvre à l'entrejambe, un modèle russe inspiré de la conquête spatiale. Faidherbe pense soudain avec horreur qu'il n'est pas aussi bien équipé. Vérification faite, il l'est. Où donc a-t-il la tête ? Il ferme les yeux et étreint Grâce qui se roidit. À la place, il embrasse une ancre ! Accrochée à la partie supérieure de la verge, un crâne : celui d'Ondine de Sainte-Bove, dont le visage noyé flotte à l'écart comme un masque, en partie décollé du crâne. Il voudrait bien se dégager de cette horreur, mais il n'en a pas le temps. Quelqu'un lui tombe dessus, armé d'une bouteille en guise de massue. C'est encore Fulgence Fèvre, le bedeau présumé assassin. Le rythme cardiaque de Faidherbe accélère dangereusement. Il n'aurait pas dû jouer aux hommes-grenouilles.

– Au secours, monsieur le curé ! crie Faidherbe.

De sa bouche ne sortent que des bulles. Monsieur le curé est crucifié de l'autre côté de l'ancre. Tête en bas, il ne répond pas tandis qu'au loin, couvrant le martèlement du diesel monocylindre d'une barque de pêche, une baleine chante sur un ton de plus en plus aigu que rien ne peut faire taire.

Machinalement, avec les quelques forces qui lui restent, Faidherbe décroche. Il actionne une poignée sur sa poitrine, se gonfle d'air, remonte à la vitesse d'une torpille vers la lumière du soleil. Il croise Étrela. Le lieutenant descend, prisonnier d'une cloche à plongeur transparente. Propulsé trop vite, le commandant, bolide humain, émerge à dix mètres au-dessus de la surface. Sa poitrine explose dans une gerbe de sang qui irradie la côte comme un feu d'artifice. Son corps déchiré retombe lamentablement sur un rocher, amorti par un tapis de varech flasque et visqueux.

Faidherbe redressa la tête. Devant lui, des bas grisâtres roulés sur des chevilles gonflées par la rétention d'eau étaient continués par une masse encore indistincte. Une voix résonnait :

– Mais qui qui vous arrive, monsieur le commissaire ? Vous v'là bas du lit ! Faut-i' qu'je sonne le docteur ? Ça fait bien cinq minutes que je toque à la porte et que je vous appelle !

Faidherbe réalisa soudain qu'il était tombé sur la descente de lit en tirant une poignée imaginaire, dans un sursaut instinctif et désespéré.

– Ah ! Mme Hâquehain, enfin ! Il était temps... ça ira... ça ira.

Le policier savait gré à la sœur du bedeau de le tirer d'un cauchemar mortel. Elle l'aida à se redresser. Une de ses jambes reposait encore sur le couvre-lit, le reste du corps avait glissé, sa tête s'était arrêtée contre la laine épaisse de la carpette bleue vaguement orientale. Il s'assit lourdement, ouvrit la bouche à s'en décrocher la mâchoire pour avaler une grande bouffée d'air. Sur le lustre, des éclats de soleils scintillaient un peu trop, signe, avec la forte névralgie ressentie, qu'il sortait sans doute d'un nouveau malaise.

Quelle vie ! Même la sieste était dangereuse désormais ! Avait-il oublié une prise de médicaments ? Allait-il risquer que son cœur le lâche dorénavant à chaque nouvelle enquête ? La femme de ménage du *Bouquet* d'opale le distrayait de ces inquiétudes sans réponses. Elle s'était assise d'autorité sur l'unique chaise cannée de la pièce. Le siège crissa de désespoir.

– Votre taxi m'a ramenée. L'fré m'a avoué tout ce que vous m'avez dit. Ça me fait de la peine.

– Sans difficulté ? s'étonna le policier qui se souvint de la description que lui avait faite le brigadier Baudoin.

– Au début, Fulgence restait mâchu[27], et ne voulait rien quitter. Bon, j'ai fait ce qu'il fallait. Quand il a vu que je mettais de l'eau dans son réservoir de morphine, l'fré a commencé à être plus raisonnable. Déjà petit, il ne supportait pas qu'on trempe son cidre, alors, là vous pensez... Pou' la question du crime, il a fait comme chi, comme cheu d'la main... J'sais ben qu'c'est une réponse de normand. Pour ma, cheu veut dire qu'il l'a fait mais qu'il voulait pas, non ?

– Sans doute... Il a chargé Lorraine ? insista le policier que le contentement ranimait instantanément.

– Oui. Ah, les salauds ! Ils ont tué monsieur Armand aussi, mon patron, un homme que j'estimais. Mon propre frère est complice ! C'est pis que dans le pire des opéras, monsieur le commissaire, gémit madame Hâquehain.

« Pourvu qu'elle ne se mette pas à chanter sa détresse à la cantonade », pensa Faidherbe, craignant pour sa migraine. Mais, non. La tête de Marigaux, ayant surgi dans l'entrebâillement de la porte, brisa l'élan de la vieille cantatrice contrariée. Le factotum passait par le couloir, sa caisse à outils en bandoulière, cherchant quoi réparer. Voyant qu'il gênait, il s'éclipsa, l'air occupé. Mme Hâquehain conclut :

– Je veux p'us voir Fulgence. I m'fait pas pitié. I m'dégoûte. Je rentre chez mé. En quittant sa chambre, j'ai rajouté une rasade d'eau du robinet dans sa morphine. Qu'il

27. mâchu : entêté, en dialecte normand.

jongle un peu, le fré tueu', ça lui apprendra à ce saligaud d'homme-grenouille de bénitier !

Mme Hâquehain se leva d'un bond, menton en avant, dents serrées, regard porté vers la fenêtre et l'horizon marin qu'elle encadrait. Elle étendit son bras, son index tremblant désignait la mer.

– Qu'ils pourrissent dans les profondeu's, ces Po'naucrates de malheu' !

La mère Hâquehain était une vraie figure de tragédie, en blouse imprimée fleurs des champs et bas de contention. Elle sortit, emportant avec elle sa fierté et son désespoir. Le téléphone sonna. À l'autre bout, c'était Étrela.

– Enfin extrait de la barrique qui te servait de coquille ? Je suis bien content d'avoir de tes nouvelles, mon grand, commença le commandant, attendri par la mort qu'il venait encore de frôler en rêve.

– En vérité, j'étais en sous-marin à l'intérieur de cette barrique chef, je n'ai rien vu mais tout entendu. Il va falloir pister les artistes du *submarine art*.

– Une seconde. Ne quitte pas.

Faidherbe chaussa des mocassins puis alla frapper à la porte de sa voisine. Grâce ne se manifesta pas. Elle n'était pas rentrée. Les deux policiers pouvaient continuer leur conversation.

– Vas-y, explique-toi, reprit Faidherbe.

– Ces gens sont capables de tout : ils ont extrait de la Bénédictine une collection entière de flacons de contrefaçons. Que veulent-ils en faire ? Toutefois, j'ai ma petite idée. Leur truc, c'est l'immersion artistique illégale. Je vous donnerai une plaquette sur ces artistes. Pas nette l'équipe. Le genre militant paramilitaires idéalistes…, un mélange pas nouveau mais toujours aussi détonant. Ils prévoient un rendez-vous bientôt en grande tenue de plongée. Je m'entraîne et j'infiltre.

– Tu rigoles… Ils vont se rendre compte que tu n'es pas des leurs !

– Pas sûr. Ce sera de nuit, rendez-vous masqué. C'est un réseau. A mon avis, tous ne se connaissent pas directement. Le code suffit : un truc comme « *catacombus* » ou « *catacombos* » à prononcer en guise de sésame.

– Qu'est-ce que tu as dit ? l'interrompit Faidherbe.

Étrela se répéta.

– Ça vous dit quelque chose, patron ?

– Et comment !

En quelques mots, Faidherbe expliqua à son lieutenant qu'il avait lu le nom de code grec « κατακομβαι » sur une pochette d'allumettes russe qui était passée des mains de Perrine, l'ex-agent du KGB à Grâce de Sainte-Bove.

– C'est une plus grosse affaire que ce qu'on avait d'abord cru, conclut Faidherbe. Ajoute que, comme ce Perrine y est mêlé, il faut s'attendre à ce qu'elle soit extrêmement dangereuse. Pour tout te dire, elle nous dépasse et je vais en référer aux services spéciaux. Que comptais-tu faire ?

– Je voulais remplacer un type, répondit Étrela, un certain Bernard de retour du Belize qu'il va falloir bloquer à l'aéroport dans dix jours. Vous pouvez vous charger de ça grâce à vos contacts parisiens ?

– Je peux m'arranger.

– Dites, vous avez des idées à propos de toute cette mascarade ?

– Je suppose un commerce ou échange de services entre les Yportnaucrates d'ici et le Russe, une enquête des douanes et de la police financière devraient nous permettre d'affiner les liens. En tout cas, c'est effectivement une affaire de plongeurs clandestins. Ton projet d'infiltration est intéressant, mais jusque-là reprends le boulot. Tu feras quand même attention, je fais des mauvais rêves en ce moment, des cauchemars prémonitoires.

Étrela prit une intonation rassurante, presque paternelle, inversant les rôles :

– Allons, c'est la faute à tous les remèdes que vous ingurgitez, ça. Ils vous soignent le cœur mais vous bousillent l'estomac et le ciboulot. Mauvaise digestion, mauvais rêves, c'est bien connu. Sauf à l'âge d'Olga : la nuit, elle ne cauchemarde pas, elle pleure. Vous avez besoin de repos, commandant.

Faidherbe songea à Grâce, peut-être étendue sur la plage, alanguie et pourtant si dangereuse. Le farniente n'allait pas être de tout repos. Cependant le péril rendait encore plus piquante sa gourmandise sensuelle.

– Ne t'inquiète pas, mon grand, répliqua le commandant, je vais m'appliquer à prendre des vacances ; tu connais le refrain, « *Sea, sex and sun* » ? C'est mon programme jusqu'à ton compte-rendu d'expédition.

Aussitôt qu'Étrela eut raccroché, Faidherbe appela Bouilleux, lui fit le topo de la situation. Il obtint de son ami que la D.C.R.I. bloquerait le plongeur Bernard en provenance du Belize assez longtemps à Roissy pour l'empêcher d'être à l'heure au rendez-vous où Étrela prendrait sa place, sans lui permettre bien sûr de téléphoner à quiconque.

– Surtout dis-leur d'être patients. On marche sur des œufs. Le Saint, alias Lorraine, a des amis très haut placés. En ce moment, il est intouchable. Tant qu'on ne peut pas le confondre avec certitude, ils pourraient faire de l'obstruction et le prévenir. Je crois qu'il a déjà des soupçons sur mon enquête parallèle, d'ailleurs.

Bouilleux promit d'intervenir, sans garantir la finesse des services concernés, secrets certes, mais pas forcément délicats. En ce qui concernait l'enquête financière sur les mouvements de fonds de Lorraine, Grâce et les quelques autres, il obtiendrait, bien entendu, la discrétion. C'était plus facile.

Faidherbe passa la fin de l'après-midi, déjà très avancée, sur la plage. Pendant la nuit, Grâce le rejoignit pour quelques moments torrides, puis le quitta quand il s'endormit.

Plusieurs jours passèrent. Les gendarmes attrapèrent Spiros ou, plus exactement, Spiros se laissa attraper. Mais il resta muet. Comme une carpe.

13

Ars longa, vita brevis

Dans la salle de l'Espace Mutel, on clôturait en beauté la saison artistique et touristique. La réception organisée par la Mairie battait son plein. Raide comme un passe-lacet, l'adjudant-chef Jauvert, en grande tenue, observait avec application les bulles de son Perrier citron monter et éclater à la surface. Face à lui, le grand et dégingandé commandant Faidherbe savourait la même scène à travers une flûte de champagne.

Grâce l'avait présenté au maire. Celui-ci s'était empressé de mettre en présence le policier et le gendarme. Le rusé bonhomme caressait l'espoir de jouer le catalyseur d'une alliance des forces de l'ordre. Il était plus que temps d'éclaircir les mystères angoissants des assassinats des quinze et seize août, qui avaient si durement touché la commune, pensait le maire. La Gendarmerie n'obtenait pas de résultats assez rapides à son goût. Une police de plus, ce n'était pas à ses yeux une police de trop. On lui avait même soufflé qu'en accusant un Anglais ou deux en villégiature sur place, il pourrait faire intervenir Scotland Yard. Il hésitait encore par fierté patriotique. Puis l'élu s'était éclipsé, laissant les deux hommes à leur muet tête-à-tête. Il entreprenait maintenant Grâce de Sainte-Bove.

La chanteuse complimentait le maire sur les feux d'artifices pyromélodiques qu'offrait traditionnellement la ville à ses habitants et aux estivants, regrettant – mais c'était bien compréhensible – que le décès tragique de l'abbé Lecornuc, eût annulé celui de la saison en cours. Elle s'engagea même à un récital lors du prochain spectacle du genre dans la commune, comme le demandait le maire, se piquant de galanterie. Lui aussi était tombé sous le charme de la superbe créature qui enchantait sa station.

Ensuite la jeune femme quitta l'élu, alla saluer le célèbre peintre Jim Narcissus Godett, artiste-peintre-plasticien anglo-normand, installé dans les environs depuis une décennie. Sexagénaire affolant, chapeau de paille, permanente bleutée, short et varices, un talent fou, Godett était descendu de sa villa pour l'occasion. Il jetait, à l'écart de la masse compacte qui barrait l'accès aux petits-fours, un œil implacable aux œuvres réalisées sur la plage et dans les rues par d'autres que lui, les peintres amateurs. Les tableaux faisaient là leur dernière apparition publique avant d'être rendus aux acquéreurs. Ou vendus.

Une huile primée arrêta Grâce de Sainte-Bove. Elle représentait une Vénus sortant de l'eau, à Yport sous des traits lui ressemblant (du moins, elle reconnut l'imprimé de son maillot), le corps luisant, presque violet, était protégé du soleil par un parasol que l'auteur de la peinture lui-même tenait au-dessus d'elle. Détourner en peinture une photo d'H. Cartier-Bresson où figurait Picasso n'était déjà pas en soi assez kitsch; de surcroît, la toile était travaillée en relief : formes éclatantes pour le corps de Grâce, en l'arrière-plan, dégradés estompés de falaises dégoulinantes. Le parasol, en toile et métal, sortait même du tableau. Le patron du bar-tabac, fasciné par l'œuvre, était collé devant le tableau, bouche bée. Il en voulait des copies à vendre, Godett refusait, question de droits. A l'apparition de son modèle, l'artiste voulut commenter sa réalisation, un peu gêné car Grâce de Sainte-Bove n'avait pas été sollicitée officiellement pour figurer sur cette composition singulière :

– C'est une sorte de montage que j'ai réalisé d'après photos et vous remarquerez l'alliance des techniques... Je suis proche du bas-relief peint, dit-il.

Godett, espérant l'approbation enthousiaste de sa muse des plages, se tourna vers Grâce... La jeune femme avait disparu au milieu d'un groupe où Faidherbe reconnut la silhouette courte et massive du docteur Rouvray. Du reste, toute la famille Rouvray était là, éparpillée dans l'assistance. Faidherbe apercevait le médecin de dos, penché vers quelqu'un que la foule dense des invités l'empêchait de distinguer. Étrangement, des amuse-gueules voltigeaient de temps en temps au-dessus de ces personnes rassemblées, allant parfois jusqu'à rebondir sur le plafond.

Soudain un mouvement se fit, la masse s'ouvrit et monsieur Lorraine, sur son fauteuil roulant rejoignit Jim Narcissus Godett devant la toile qui prétendait rendre hommage à l'art et à la beauté. Lui aussi était descendu de son manoir afin d'honorer la petite ville de sa présence. Ses habituels gardes du corps n'étaient pas visibles. Sa main gantée lança en l'air un petit-four que sa bouche goba prestement.

Avec la voix de phoque qu'il avait depuis son accident, il jappa et aboya quelques syllabes suivies d'un rictus qui voulait être un sourire sur ce visage en lame de couteau qu'une quasi-paralysie rendait inexpressif. A ses « ouaf ! ouaf ! » on comprit autour de lui :

– Dieu sait si je ne suis pas partisan de la peinture figurative, mais la plastique du modèle est éblouissante !

Et l'esthète millionnaire continua à pérorer à propos du tableau, manœuvrant vigoureusement son fauteuil pour pointer du doigt un détail, imitant l'otarie dans les aigus, le morse dans les graves, faisant une leçon d'art –ô combien ironique– à Godett lui-même. Autour d'eux et de l'auteur de la croûte sublime, tout cramoisi de vanité, la cour de Lorraine se reformait.

Le policier et le gendarme avaient tourné tous deux leurs regards dans cette direction. Faidherbe avala une dernière goulée de son champagne et grommela :

– À entendre ce Lorraine parler d'art, comme s'il ne s'était rien passé ici, cela me donne envie d'aller finir mes vacances sur la banquise loin de tous.

L'adjudant-chef Jauvert ne put s'empêcher de plastronner.

– Notre enquête avance au pas de charge, je puis vous en faire la confidence. Il sera convoqué demain en qualité de témoin clé.

– Je me disais bien qu'avec un homme aussi énergique que vous, l'affaire ne traînerait guère, le flatta Faidherbe sans vergogne pour savoir jusqu'où irait la détermination du militaire.

Le petit adjudant-chef eut un petit rire rengorgé :

– Et ce n'est qu'un début...

Ainsi, par l'intermédiaire de Baudoin et par le zèle même de l'enquête, les quelques idées du policier avaient fait leur chemin. Mais jusqu'où les militaires étendraient-ils la complicité du bedeau assassin, de Lorraine et de ses acolytes ? Soupçonnaient-ils la connivence de Grâce dans tout cela et le rôle du Russe Perrine, qui étendait son aura maléfique, mafieuse et internationale sur des assassinats de fonds de canton ?

Le policier n'eut pas à se creuser la cervelle pour trouver un moyen habile de faire parler davantage l'adjudant-chef. Le gendarme voulait écraser son rival sur-le-champ. Définitivement. Du menton, il montra Grâce de Sainte-Bove. La jeune femme revenait avec un sourire moqueur vers le groupe qui commentait la toile la représentant.

– Il y a des gens que la jalousie égare facilement. Un mobile vieux comme l'humanité. C'est enfantin. Qui y touche, s'y brûle. Et elle est ardente, cette jolie femme, n'est-ce pas commandant ?

Ayant dit cela, Jauvert, content de son effet, pivota sur ses talons et, se frayant un passage vers le buffet, disparut au milieu de l'assistance.

« Il est complètement cinglé, pensa Faidherbe, le Perrier lui est monté à la tête ! Il est persuadé que tous ces gens s'entre-tuent à cause de Grâce ! »

Il fut pris d'un fou rire qui attira l'attention de la jeune femme. Elle s'approcha de lui, amusée, intriguée aussi. Par le poignet, Grâce le conduisit jusqu'au fauteuil de Lorraine. L'infirme ne jetait plus qu'un œil éteint sur les autres œuvres exposées mais ne s'était pas tu. Il venait de dire à Godett avec son langage banquisard :

– Vous comprenez, mon cher Jim, actuellement je ne m'intéresse plus qu'au liquide et au solide, et au solide dans le liquide, devrais-je dire. J'ai dépassé la peinture, même à l'huile; le plat et ses deux dimensions ne me parlent plus. J'ai soif de relief, de sculptures, d'installations. Vous connaissez mon mécénat de *submarine art*, pourquoi ne me proposeriez-vous pas quelque chose de ce goût-là, à votre tour ? Ouaf !

L'intervention opportune de Grâce, qui poussait Georges Faidherbe devant Lorraine, laissa à Jim Narcissus Godett le temps de réfléchir à ce qui pourrait être une inflexion décisive de son inspiration artistique. Bref, l'artiste ne voulait pas se mouiller trop vite.

– Notre chère Grâce m'a déjà beaucoup parlé de vous, commandant, jappa Pierre Le Saint, *alias* Yannis Lorraine, sur un ton amical. J'ai beaucoup de sympathie à votre égard, croyez-moi. D'ailleurs, en général j'apprécie les commissaires de polices, les préfets, les directeurs, tous les gens du Ministère de l'Intérieur en général, et même parfois les ministres eux-mêmes.

Son *concetto* le fit s'esclaffer comme une otarie qui a réussi son numéro.

« Que diable cherche Grâce en me présentant ce bonhomme ?» se demandait Faidherbe. Le policier avait très bien compris que Lorraine, fort de la supériorité que lui donnait sa fortune et ses relations, ne le craignait pas. Pis, il le méprisait et le lui faisait savoir avec une assurance qui n'étonnait pas le commandant. A son tour, Faidherbe jaugea son interlocuteur.

Malgré son infirmité, il émanait de Lorraine une énergie hors du commun. Celle-ci lui procurait une manière de juvénilité. On sentait que ce corps prisonnier de son infirmité était celui d'un athlète. Naguère doué d'une force et d'une endurance extraordinaire, Le Saint *alias* Lorraine était encore armé d'une volonté de fer. Cela faisait de cet homme un adversaire redoutable, d'autant plus dangereux que jusqu'à présent, Faidherbe n'arrivait pas à se figurer vers quel but le millionnaire tendait. L'individu avait commandité les meurtres, c'était certain pour couvrir une opération à laquelle Grâce, Perrine et d'autres étaient mêlés, le policier en avait la conviction. Mais quelle opération ? Qui aurait lieu où et quand ? Rien, jusque-là, ne permettait de se le figurer.

Lorraine avait quitté ses grosses lunettes fumées. Ses

yeux bleu pâle scrutaient le policier. Celui-ci s'était contenté d'articuler quelques banales civilités.

– Grâce m'a dit que vous vous étiez mis en tête d'éclaircir la disparition de sa mère, dit-il au commandant.

La jeune femme le reprit sur un ton légèrement agacé :

– Ce ne sont ni ses termes ni les miens, voyons, Yannis.

Le millionnaire ignora la correction. Il conclut ironiquement :

– Eh bien, sachez que j'en suis très heureux, commandant Faidherbe, par la même occasion vous éclaircirez la mienne.

Sur ces mots énigmatiques, il fit pivoter son appareil, leur tourna le dos et s'écarta. Aussitôt ses deux acolytes, surgissant de l'assistance, le guidèrent jusqu'à la sortie. La manœuvre n'avait pas duré une minute.

Faidherbe avait fréquenté bien des grands de ce monde dans des fonctions antérieures. Il avait été familier de leurs petits accès d'humeur. Aussi ne fut-il pas démonté. Grâce, quant à elle, ne put cacher tout à fait sa contrariété. Elle passa le reste de la soirée en sa compagnie avec moins d'enjouement que d'habitude.

Le lendemain matin au retour de la plage, en croisant Baudoin, le policier apprit que Lorraine ne s'était pas rendu à la convocation qui lui avait été signifiée. Il demeurait injoignable et introuvable. Jauvert hésitait cependant à lancer un avis de recherche immédiat.

14

Corvée de plonge

Le rendez-vous était fixé à l'estacade, un long môle de bois formidablement ouvragé qui traverse l'entrée du premier bassin fécampois. La D.C.R.I. avait fait savoir qu'elle avait intercepté la confirmation de l'heure du rendez-vous parmi quelques SMS sibyllins ou sans intérêt : minuit. Il était aussi question de « fonds plats » dans certains messages, sûrement le lieu de la plongée. L'endroit se révélait impossible à localiser précisément sur les cartes marines de la région, tant cette configuration des profondeurs est commune dans la Manche.

A cette heure, le Bernard arrivé du Belize auquel se substituerait Étrela végéterait toujours à la sécurité de l'aéroport de Roissy. Effondré sur une chaise, il assisterait à l'inventaire complet du contenu de ses valises étalé sur le sol d'une pièce sans fenêtres, au pied de douaniers patibulaires. Les fonctionnaires, muets et tatillons, examineraient tout en détail, jusqu'aux poils fatigués de sa brosse à dents. C'était la procédure, renforcée par un ordre de la D.C.R.I.

Dans l'après-midi, Étrela passa une demi-heure sous l'eau à 15 degrés, allongé au fond de sa baignoire. Puis il enchaîna avec des élongations diverses et des exercices respiratoires sous le regard amusé de son épouse et celui, stupéfait, d'Olga. Accompagné par un concert de James Brown, l'entraînement avait de quoi surprendre.

Le policier, en survêtement bleu Schtroumpf, modulait ses gestes au rythme de la *soul*, chatouillait de ses mains jointes les cristaux du lustre, étirait ses méridiens sur le parquet du salon. Il voltigeait de la barre de porte au plateau du buffet sur lequel il jetait alternativement ses jambes, faisait la planche, le piqué-plongé et la poire en tentant de s'accorder au rythme endiablé du maître américain qui feulait à tue-tête jusqu'au bout de l'appartement.

Étrela pouvait manifester sa joie : il bénéficiait d'une habilitation spéciale lui permettant d'infiltrer des réseaux suspects, délivrée par le juge d'instruction quelques heures auparavant. Ses capacités auditives avaient emporté la décision, davantage que ses compétences sportives. Il avait en outre un don pour arborer une figure de voisin de palier passe-partout, plus banale encore que celle de son collègue Durozier – c'était peu dire –, très avantageux dans les circonstances présentes. Le policier avait un physique caméléon, changeait de physionomie à volonté et régulièrement, modifiait son visage par une moustache épisodique, une coiffure irrégulière, des pattes qui montaient puis descendaient au gré des besoins.

La fiche signalétique du prénommé Bernard correspondait plutôt bien à l'Étrela du moment et les deux hommes partageaient une même stature et corpulence, coup de chance. Inutile alors de parachuter sur l'affaire normande un collègue de la capitale. Faidherbe avait insisté auprès de Bouilleux qui était intervenu auprès de ses contacts parisiens. Vitesse plus discrétion égalent économie et efficacité. Le jeune lieutenant Étrela n'avait encore participé à aucune opération d'infiltration réelle, *a fortiori* en plongée sous-marine. C'est pourquoi il se préparait intensément, plein de l'ardeur et de l'émotion du débutant. Faidherbe, de son côté, supervisait tout à distance avec d'autres collègues de la police havraise. Motus aux gendarmes.

Le lieutenant partit un peu avant vingt-deux heures, fit une pause sur la départementale pour revêtir sa combinaison à la lisière d'un champ de maïs et arriva au-dessus de Fécamp à l'heure dite.

La ville était plongée dans l'obscurité d'une nuit sans lune. Quelques réverbères éclairaient les bassins et le quai Maupassant bornés par les feux d'entrée du port. Sur le plateau, cinq lumières clignotantes palpitaient en altitude, c'était le sommet de chacune des éoliennes rendues invisibles par la nuit. À gauche, en bordure de falaise, un réverbère pâle illuminait faiblement la chapelle de la Vierge. En bas, autour des bassins sans mouvement apparent d'hommes ou de véhicules, les collègues devaient être en planque quelque part.

Il se gara au plus près de l'estacade, enfila sa cagoule et mit son masque intégral de plongée. Il se regarda dans le rétroviseur : une vraie figure de cauchemar guerrier, un poilu de 1915 prêt à plonger au milieu des gaz de combat. Ce modèle de masque ne laissait percevoir que ses yeux. Le bas du visage était couvert par le filtre au centre encadré des deux prises d'air sortant de chaque côté du menton. Parmi tout cet attirail, le petit bouton noir que le service technique avait cousu dans la sangle de Velcro qui fermait la combinaison passait inaperçu. C'était le micro. L'émetteur plaqué sous son aisselle droite le gênait un peu.

Le policier hésita à chausser ses palmes. S'il fallait courir, c'était la catastrophe, la chute assurée à la mode pingouin. La nuit était douce, il alla pieds nus, les palmes à la main, vers ce qui paraissait une silhouette humaine immobile assez haute, plutôt massive. La nageuse est-allemande assurait l'accueil, bras croisés, immobile. On aurait cru un *Balzac* de Rodin sombre, avec son long manteau de cuir sur sa tenue de plongée, luisant à la lumière d'une torche posée sur une bitte d'amarrage. Heureusement, le lieutenant n'eut pas à l'approcher de trop près. Un sbire de Lorraine, dépêché en avant-garde, vint lui réclamer le mot de passe, l'éclairant de sa mini-torche électrique. Comme Étrela, l'homme était cagoulé et masqué, vêtu pour plonger. Étrela prononça le mot magique avec le meilleur accent grec possible : il avait répété toute la matinée.

– *Katacombé.*

L'homme lui posa la main sur la poitrine pour l'arrêter puis, tournant les talons, il éclaira ses doigts fermés pour former un O en direction de la cheffe. Jusque-là, tout allait bien. Il se tourna de nouveau vers le lieutenant :

– C'est par là.

– Je prends les bouteilles dans mon coffre... proposa Étrela.

– Pas la peine. On a ce qu'il faut là-bas. Monte !

Le faisceau de la petite lampe éclairait à peine une masse noire à une dizaine de mètres en arrière. Étrela eut un instant une vision de sous-marin : il ne distinguait à travers ses verres de plongée qu'un reflet métallique de forme oblongue qui semblait émerger du bassin. Il suivit la direction indiquée. La masse sombre était une voiture, une Citroën DS noire des années soixante. Une portière arrière s'ouvrit à son approche. L'intérieur de l'habitacle éclaira deux individus déjà installés, en grande tenue de plongée aussi. L'un sur le siège passager avant, l'autre à l'arrière. Étrela s'assit à côté d'un personnage corpulent. Le sbire les rejoignit à l'arrière. Il se retrouva comprimé au milieu des deux plongeurs inconnus. La nageuse s'approcha de la voiture, les pans de son manteau flottant alternativement sur sa combinaison. Étrela l'entendait souffler dans son masque : il pensa à Belphégor ou Dark Vador. Elle prit le volant après avoir passé un coup de fil d'un portable. Étrela comprit qu'elle annonçait leur arrivée imminente.

Le véhicule quitta le port en direction de la ville en longeant le port de plaisance et le bassin Bérigny au bout duquel Étrela remarqua une embarcation rapide à quai. A proximité s'affairaient quelques ombres. Deux hommes sur le pont le regardèrent passer d'un air ahuri. L'un deux était en communication téléphonique. Les collègues en planque venaient de prévenir la gendarmerie maritime que leur présence à Fécamp devenait inutile. Pour repérer le lieutenant, il leur suffirait de suivre les indications du mouchard GPS qu'on lui avait collé contre la cuisse. « Ne te fais pas de bile, petit, au cas où faudrait chercher ton cadavre sous l'eau, il est étanche », avait précisé Fésol sans rire. Le policier palpa discrètement l'appareil pour se rassurer.

La DS roulait à tombeau ouvert sur une route étroite qui serpentait vers le plateau. Les cinq plongeurs, serrés comme des sardines, étaient immergés dans la nuit silencieuse de l'habitacle, troublée seulement par leur respiration contrainte à travers les masques et le bip d'un autoradio défectueux. La nageuse restait muette, tout comme les autres. Peut-être ne se connaissaient-ils même pas. Une voie bordée de peupliers s'ouvrait devant les phares de la DS. Où les menait-elle ? Allaient-ils redescendre au fond d'une valleuse ? Pourvu que le GPS fonctionnât... Le policier regarda à plusieurs reprises sa montre à boussole-altimètre : on quittait l'ouest, s'éloignant de la façade maritime.

Ils traversèrent à toute vitesse de petits bourgs endormis, entrèrent dans un village plus étendu. Étrela n'eut pas le temps d'en distinguer la pancarte. La DS se gara sur ce qui semblait être une vaste place que l'obscurité ne permettait pas de voir toute entière. Ils devaient certainement se trouver au centre d'un chef-lieu de canton. Une telle place était capable de recevoir foires et marchés importants. La boussole indiquait qu'on était désormais loin de la côte.

La conductrice attendit un instant dans le silence. Elle voulait certainement s'assurer que personne ne passait par là à cette heure de la nuit ou qu'aucune présence ne se manifestait derrière les fenêtres des façades obscures dont l'endroit était encadré. Puis elle sortit et se dirigea devant la voiture vers une haute maison qui fermait la place sur un côté. Allait-elle chercher un sixième larron ? Où le caserait-on celui-là ? Dans le coffre ?

Une porte s'entrouvrit, laissant passer un filet de lumière rougeâtre. La femme se retourna vers la DS et à contre-jour de la lumière porta sa main en avant poing fermé et pouce à l'envers. Ils allaient descendre ! Là, dans une maison, en plein milieu d'un village du plateau... Étrela avait entendu parler de marnières à étages en partie immergées, de bétoires qu'on ne pouvait sonder jusqu'au bout... ou allaient-ils devoir passer par un puits à marée pour atteindre la mer ?

Ils sortirent tous de la voiture et se dirigèrent vers la porte que les hommes franchirent un à un. Étrela pénétra à la suite des autres dans une vaste pièce à peine éclairée. Une femme tenait la porte en souriant, blonde, plutôt jeune, vêtue d'une tunique verdâtre à franges, imprimée de fleurs orangées.

La pièce était une salle d'auberge rurale ou de grand café, d'un bourg important. Ils restèrent là un instant. La nageuse s'était éclipsée, ce qui laissait au policier le loisir de repérer les lieux. Un immense comptoir en chêne massif surplombait l'espace occupé par les tables et chaises. Étrela reconnut le mobilier de son enfance, en Formica coloré jaune. Les murs visibles montraient de grands panneaux occupés par des figures ou objets mythiques des années 70, représentées en dessins de style wharolesque, Michel Polnareff, Johnny Hallyday, Jimmy Hendrix, George Pompidou et la gloire du *rock and roll* havrais Little Bob. Étaient-ce bien les vrais ou la bande de joyeux sosies rencontrés au *Tous à l'eau* de Fécamp ? Le policier commençait à étouffer. Il leva son masque à demi pour inspirer une rasade d'air frais pendant que les autres lui tournaient le dos.

– Remets ton masque, soldat ! lui intima une voix venant du comptoir.

Étrela aperçut alors un homme âgé en chemise blanche assis derrière le vaste meuble le faisant paraître minuscule, crâne dégarni, fine moustache, lunettes en demi-lunes posées au bout de son nez, sa tête était penchée sur une lecture qu'il ne daigna pas quitter en s'adressant au policier. Il se demandait jusqu'à quel niveau de ridicule ils s'enfonceraient quand leur chef plongeuse revint. Ils la suivirent en passant devant le comptoir. Le vieux ne leva pas davantage la tête. Un menu était affiché sur une ardoise avant le passage vers une autre pièce: le policier y découvrit le nom du lieu: *Auberge des Fonds-plats.* « Spécialité : fruits de mer et crustacés – Noces et banquets ». Ils entrèrent dans un vestibule. A côté d'un couloir, en partie masquée par un escalier, une large porte en bois devait ouvrir vers une cave. Ils attendirent un instant sous un paquebot pénétrant l'avant-port du Havre, représenté sur une immense photographie accrochée au-dessus d'eux. Étrela n'eut pas le temps d'identifier son nom. La porte fut poussée par la nageuse. Une cavité s'ouvrit devant eux, balisée de petites lampes installées en enfilade dans les parois. On entendit un coup de sifflet bref.

La nageuse descendait d'un pas décidé les premières marches de l'escalier, mais à l'envers, et au rythme d'autres coups de sifflets. Ils suivirent, pareillement, deux par deux. Étrela fermait la marche, seul. Tout le monde à reculons. L'escalier ayant la largeur juste pour deux hommes, le lieutenant craignit de déchirer sa combinaison ou de se casser la figure sur les autres qui paraissaient aguerris à l'exercice tant ils allaient vite. Ils descendirent ainsi cinq ou six marches de grès entre des murs tapissés de coquillages multicolores et de débris de faïence jusqu'à un premier palier où ils reprirent alors un sens normal de marche. Compris, pensa Étrela, ils venaient de faire une manœuvre d'immersion comme on bascule d'un canot, tête en arrière ! Il étouffa un rire qui aurait pu le perdre. Le plongeur devant lui parla alors entre deux respirations amplifiées :

– Quand je te disais qu'on n'avait pas besoin d'apporter ses bouteilles. T'es nouveau toi ?

Étrela ne répondit rien. L'homme désignait un renfoncement dans le mur, en face d'eux, fait de deux niches à arcades : une réserve à vins.

Ils aboutirent enfin à une pièce plus vaste, éclairée discrètement par des guirlandes lumineuses blanches installées tout autour d'une salle circulaire. Le lieutenant jeta un regard aussi aigu que lui permettait son masque, cherchant à déceler parmi les combinaisons une autre silhouette féminine que celle de l'armoire à glace qui avait fait office de sœur portière. Pas trace de Grâce, mais il y avait de quoi mater ! Là, dans les abysses de *l'Auberge des Fonds-plats*, Étrela découvrait, les yeux écarquillés derrière son masque, le comble de l'extravagance, le décor hallucinant d'un groupuscule à la hauteur des sectes les plus baroques.

Au-dessus d'un immense bac, quelque chose entre le jacuzzi communautaire et le pressoir s'élevait, grandeur nature, une projection holographique de la pyramide des contrefaçons dérobées à l'abbaye, illuminée comme un cristal mystique. Au moins, le lieutenant ne se serait pas déplacé en vain. Le conservateur Roberto Vincelli serait ravi. L'affaire fécampoise était en partie résolue. Le policier pourrait lui révéler qui avait fait le coup de la Bénédictine. Une voix leur parla, comme sortie de partout et nulle-part.

– Soyez les bienvenus, amis de l'Ordre Artistique Sublime !

Une nouvelle O.A.S. maintenant ! Mais quel délire ! En, guise de mélodie en sous-sol, une musique d'ascenseur mêlant grelots, chants de baleines synthétiques et frottis de cristaux accompagnait la parole.

– Immergez-vous, fidèles serviteurs des arts abyssaux ! Prenez place dans ce bain bouillonnant, purifiez-vous de la médiocrité et du vulgaire !

Étrela pensa que ses collègues devaient bien se bidonner à l'autre bout du micro. En fait, non. L'écouteur à l'oreille, Faidherbe ne riait pas, attentif.

« S'asseoir, tous deux, au bord du flot qui passe »[28], voilà ce qu'il désirait entendre. C'était un code, le début d'un poème que Grâce travaillait aussi ces derniers jours sur une mélodie de Fauré. Étrela devait le chuchoter à son micro si la jeune femme participait à la réunion clandestine. Le vers attendu ne venait pas. Faidherbe ne savait pas s'il se sentait soulagé pour autant. Cette incertitude brouillait ses capacités d'analyse. Cela ne l'aidait pas à se figurer à quoi toute cette mise en scène devait aboutir. Il ne pouvait accepter que Grâce eût été entraînée dans ce tourbillon de folie. Les images de son dernier cauchemar de plongée ne cessaient de resurgir, lui donnant la nausée. Ses hommes, Durozier au volant et Fésol, respectaient son silence.

A la gauche de Faidherbe était assis un capitaine nommé Hayeur, que lui avait imposé la D.C.R.I. L'homme semblait justement complètement ailleurs, se désintéressant de toute cette opération provinciale. Durozier avait garé leur Mégane banalisée à l'extrémité d'une ruelle qui donnait sur la

---

28. Premier vers d'*Au bord de l'eau*, poème de Sully Prudhomme (1839-1907).

place. Le commandant pouvait surveiller le bâtiment à distance sans être trop visible. Mais rien ne transpirait de ce qui se passait au sous-sol.

Les plongeurs prirent tous place dans l'immense spa. Étrela s'exécuta et s'allongea. L'eau était plus froide encore que celle de sa baignoire. Au moins, son entraînement aurait servi à quelque chose. Voilà bien la démarche sectaire pensa le policier, de l'inconfort et du mystère en toc, les ingrédients de base pour conditionner le gogo. La nageuse est-allemande sortit du liquide bouillonnant une bouteille de cidre et des verres. Une nouvelle épreuve : comment allaient-ils boire avec leurs masques sans dévoiler une partie de leurs visages ? Ça craignait pour lui. Ouf, elle distribua des pailles.

– Nous voici au soir du formidable évènement mes amis, continua la voix, et je vous dois désormais des informations, à vous qui avez toujours soutenu nos réalisations par un engagement sans faille, aussi discret qu'efficace. Voyez plutôt !

Une image apparut sur l'un des murs. Le visage de Yannis Lorraine, en grand angle déformant, nez immense, chaussé de lunettes en écailles démesurées. Un Onassis en version grotesque. Derrière lui, la mer basculait de droite à gauche. La voix fut alors synchronisée à l'image. Étrela avait eu du mal à la reconnaître tant elle paraissait fluide, loin des hoquets, jappements, éructations de phoque dont elle s'accompagnait d'ordinaire. Faidherbe, sans voir l'image, pourrait-il identifier l'orateur doté de cette voix corrigée par des artifices informatiques ?

Étrela exhala doucement, dans un soupir extatique pour donner le change à ses voisins et communiquer l'information à ses acolytes :

– Monsieur Lorraine... Maître...

La voix du mécène continuait :

– C'est le grand projet qui va magnifier toutes nos causes, autant artistiques, affectives que sportives... n'est-ce pas, n° 6 ?

Un doigt ganté semblait crever l'écran. Il les désignait. L'un des plongeurs leva alors son verre en guise de reconnaissance et s'exclama :

– Vive la Normandie sous-marine ! À bas l'art terre-à-terre !

Un plongeur esthète et extrémiste ! Étrela ne soupçonnait même pas qu'il pût en exister...

– Et maintenant, souvenons-nous, mes amis, car la Grande Œuvre lui sera bientôt offerte...

Suivit le panégyrique d'Ondine de Sainte-Bove dans un montage d'images digne de la télévision soviétique, avec force plans d'archives accompagnés de dégoulinades orchestrales sur lesquelles s'égosillait certainement sa fille Grâce, dans une œuvre de jeunesse, par-dessus les craquements d'un vieux disque 33 tours. Étrela connaissait, Faidherbe lui avait confié son admiration envers l'écrivaine mondaine, autrice du fameux *Savoir-vivre en toutes circonstances*. Le lieutenant était resté réservé devant son patron, ne sachant trop si c'était du lard ou du cochon quand il commentait avec enthousiasme la manière de tenir une asperge aux *brunchs* de la préfète, de saluer un ministre moldave ou de s'interdire de toucher du petit doigt un représentant de la couronne britannique.

– Vous souvenez-vous du goût de notre Bien Aimée pour la dive liqueur fécampoise ? Eh bien, vous avez devant-vous l'image du cristal commémoratif dont nos compagnons vont immerger cette nuit le précieux original, à l'aplomb du site sacré, pour couronner une œuvre digne de sa mémoire. Notre Ondine reposera là, au-dessous de sa petite maison d'éternité dans les prairies sous-marines. Et pour couronner le tout, il y aura par-dessus l'Œuvre magistrale, mes amis, sur le pont de laquelle je trace la route, le visage plongé dans les ténèbres marines, aspirant à la proue des embruns salés comme des larmes. J'arrive, Ondine ! J'arrive !

La voix, même transformée, trémulait de nouveau sa prose poétique de collégien : assurément, du Lorraine pur jus.

Des plans successifs, rapides, montraient une vue aérienne de la région nord-ouest de la France, avec une série de flèches partant du nord vers les côtes normandes, des images cinématographiques de navires sombrant dans des eaux tourmentées, Lorraine montant la passerelle d'un bâtiment qu'on n'identifiait pas, des images sous-marines d'installations artistiques, des explosions comme on en voit dans les tableaux pop'art.

Au moment où Fésol se disputait à mi-voix avec le lieutenant Durozier que la tension poussait à allumer une cigarette et qui venait de battre son briquet, Faidherbe comprit soudain le sens d'une autre dispute. Voilà le monument, le mausolée sous-marin contre lequel avait tempêté le malheureux Lecornuc ! Aussi incroyable que cela pût paraître, les hommes de Lorraine avaient instruction de couler un navire ! « Sur le pont » a-t-il dit ! Ainsi serait honorée la mémoire de la maîtresse disparue de Lorraine. Un Taj Mahal sous les eaux, et cette nuit même ! Avec sacrifice humain ! Un fou.

En urgence, le commandant fit appeler la préfecture maritime et demanda quels bateaux croisaient à ce moment-là au large de Dieppe, Yport et Fécamp. Pour gagner du temps, il demanda de limiter la zone de recherche au milieu de la Manche. Pendant qu'il attendait, il passa l'écouteur à Fésol.

La voix de Lorraine commentait maintenant d'autres images, prises manifestement de la caïque personnelle du mécène estropié. On voyait nettement sur le pont la silhouette gris clair d'un engin oblong auquel on avait retiré son tube de camouflage et protection. Étrela reconnut la forme qu'il avait aperçue son premier jour à Fécamp, sur le pont du bateau. Les images avaient été tournées au large en plein jour, il devait s'agir d'une manœuvre d'entraînement. La mer était formée et les images du navire et de l'horizon ballottés sur l'écran commençaient à donner la nausée.

Avec de nouveaux trémolos dans la fréquence, l'ex-plongeur annonça :

– Dans quelques minutes, ce nouvel outil d'art marin, d'une rapidité et d'une puissance inouïes, aura coulé le bâtiment assassin qui reposera, grandiose et brisé, sur les fonds même où Ondine sombra, lui servant d'ultime demeure, payant ainsi sa dette éternelle à la meilleure des nôtres...

Le voisin de droite se pencha vers Étrela et lui glissa avec le ton satisfait du connaisseur :

– C'est une Sqwalette, modèle 90, une version miniature pour sous-marin de poche de la fameuse torpille Sqwal russe. Elle déploie ses ailerons dès qu'elle est entrée dans l'eau et se propulse vers la cible à plus de cinq cents kilomètres à l'heure. Le patron s'est fait livrer du sacrément beau matériel !

Voulant s'assurer que ses collègues percevaient une information aussi capitale, Étrela enchérit :

– Tu parles d'un feu d'artifice en mer avec une telle Sqwalette russe !

A l'intérieur de la voiture, Faidherbe s'impatientait. Il trouvait la préfecture maritime insuffisamment diligente. Il s'adressa à Fésol, devant lui :

– Alors, qu'est-ce qu'ils disent au fond des catacombes ?

– Ils vont envoyer une « esquelette » russe contre un bâtiment, c'est sûr, dit Fésol avec son accent catalan. Le petit insiste, « une esquelette » russe, dans quelques minutes.

– Quelle ânerie tu me racontes ? s'énerva le commandant, prenant risque de se bousiller le cœur, tellement il était tendu.

À ce moment-là, la préfecture se manifesta et on lui débita à l'oreille une litanie de cargos, pétroliers, porte-conteneurs, chalutiers, bâtiments de guerre, navires de toutes sortes et de toutes tailles qui se croisaient cette nuit-là dans la zone, sur ce boulevard maritime qu'est la Manche. « Impossible de prévenir et d'arrêter tout ça », pensa Faidherbe. Deux noms sonnèrent familièrement : le chalutier *France-Galles* et le paquebot de croisière de luxe *Vassilissa Olympias*. Il demanda qu'on lui précisât leurs positions respectives. Il fallait encore attendre quelques minutes.

– Pressez-vous, il se pourrait qu'on soit à quelques minutes aussi d'une ânerie, dit-il à son correspondant sous l'effet de la nervosité, tout en regardant vers *L'Auberge des Fonds Plat* dont la façade paraissait toujours aussi paisible.

Puis il se retourna vers Fésol. Son regard semblait dire : « Arrête de faire l'andouille, dis-moi quelque chose de sensé ».

– Ce n'est pas une ânerie, c'est uneu tor-pill-eu, corrigea Fésol, vexé, en détachant les syllabes.

– Ah ! Mon Dieu ! Branle-bas de combat, les gars, s'écria Faidherbe. Il venait enfin de comprendre ce que Grâce avait négocié avec l'ex-agent du KGB Perrine. On file, il n'y a plus rien à faire ici.

À Fécamp, la caïque n'avait pas bougé. Et pour cause, c'était aussi un leurre, comme cette réunion clandestine. Faidherbe était prêt à parier que le tube de protection sur le pont était vide. Quelqu'un ne lui avait-il pas parlé des « bateaux » de Lorraine ? À l'évidence Lorraine ou les Yportnaucrates en avaient plusieurs, peut-être armés par des prête-noms. En ce moment, une embarcation rapide, une vedette sans doute, équipée de la torpillette à grande vitesse fonçait au cœur de la nuit vers sa cible, tous feux éteints. Il expliqua ça aux autres. Le capitaine Hayeur daigna ouvrir un œil. Il écoutait.

– Et Étrela, patron, demanda Fésol ?

– Il s'en est bien tiré jusqu'à maintenant, il ne risque plus rien. Le drame se passe en mer.

L'urgence faisait battre le cœur de Faidherbe aussi fort que la pensée de Grâce. Son lieutenant n'avait pas prononcé la petite phrase. Pourtant, la jeune cantatrice était mêlée à l'attentat. Et si elle était sur la vedette ? Cette nouvelle idée taraudait le cerveau du commandant.

Il avala un cachet pour soutenir son cœur.

Fésol boudait encore plus fort. Il affichait la mine d'un constipé qui tient à le faire savoir, parce qu'on ne s'occupait pas du « petit ».

La Mégane fit quelques centaines de mètres. La préfecture maritime indiqua que les deux bâtiments se trouvaient à quelques milles l'un de l'autre dans la même zone, au large d'Yport. Évidemment ! Avec le plus de conviction possible, Faidherbe exposa la situation. Son correspondant ne savait articuler que « Putain, putain, putain ! ». Son accent du Sud-Ouest, plombé de stupeur, faisait grésiller l'écouteur. Hayeur fit signe au commandant de lui passer l'appareil. Sur un ton sec, l'homme de la D.C.R.I. s'identifia, donna un premier code, ordonna :

– Prévenez immédiatement la base aérienne de Cambrai, putain ! Opération Satrouille[29] : réduire. Feu vert.

Galvanisé, l'interlocuteur se ressaisit.

Le capitaine indiqua le second code à donner puis, ayant rendu le téléphone à Faidherbe, retomba dans son apparente torpeur.

En rase campagne, les policiers croisèrent un cortège de véhicules de la Gendarmerie. Le petit adjudant Jauvert était plus malin qu'il ne voulait le laisser paraître.

Fésol, qui avait repris l'écoute, déclara :

– Il vaut mieux être des amis de M. Lorraine que fonctionnaire du Ministère de l'Intérieur ! Ce nabab vient de leur promettre un diamant à chacun « en souvenir de leur compagnonnage », qu'il a dit.

Faidherbe ne l'écoutait plus. La situation leur échappait totalement. En mer, l'équipage du chalutier ou celui du paquebot et tous les passagers risquaient d'être envoyés par le fond si la vedette n'était pas neutralisée avant. Le commandant ne pouvait plus rien faire qu'attendre. Il pensait seulement à atteindre le port de Fécamp, monter sur la caïque, y trouver Grâce peut-être... Mais en avait-il vraiment encore envie ?

À l'auberge, la voix de Lorraine venait de se taire après sa promesse de diamants et ses adieux. Étrela et ses comparses, l'esprit tourneboulé, émus ou troublés, sortaient difficilement du jacuzzi, empêtrés dans les palmes des uns et des autres.

---

29. satrouille : pieuvre ou poulpe à Yport et ailleurs en Normandie.

L'irruption soudaine des gendarmes les fit replonger pêle-mêle dans le bouillon.

15

C'est assez !

C'était la première fois qu'Étrela découvrait les cellules de garde à vue, côté prévenu. Il avait participé à des jeux de rôles à l'école de police, mais alors il s'agissait seulement de jouer et les locaux avaient été nettoyés à fond. Ici, on les sentait imprégnés par les miasmes des naufragés de la nuit, de la misère humaine échouée là, sur un carrelage pisseux, entre quatre murs délavés. Les menottes avaient été bien serrées sur ses poignets, pas pour de faux ; elles entamaient douloureusement sa chair. On les lui ôta à l'entrée de sa résidence d'infortune. Conforme au cliché, le soûlard de service hurlait dans la cellule voisine que deux des Ypornaucrates avaient rejointe. Les restaurateurs des *Fonds plats* devaient être en audition.

Étrela avait été placé dans la même cellule que « Belle Vador » qui le dévisageait, cherchant certainement où elle avait pu le rencontrer. Quand ses cheveux raides auraient repris du volume, pensa le policier, alors elle le remettrait vraiment. Et ses souffrances de détenu allaient pouvoir commencer. Heureusement, un gendarme en faction les surveillait, pour les faire taire certes, mais il pourrait aussi le tirer d'un mauvais pas, si la belle manifestait un surcroît d'affection en le reconnaissant. Le lieutenant s'allongea en chien de fusil sur la banquette métallique, face contre le mur de la cellule.

Un peu plus tard, il était conduit jusqu'au bureau de Jauvert. Il était temps, ses tympans ultrasensibles commençaient à sortir le pavillon blanc : aux hurlements du type de la cellule voisine venait de s'ajouter un déchaînement climatique soudain mêlant roulement de tonnerre et pluie de grêlons sur la toiture en zinc des cellules de dégrisement.

– Alors, monsieur le lieutenant de police, reprit narquoisement l'adjudant-chef de gendarmerie Jauvert après qu'Étrela eut décliné son identité et sa qualité selon la procédure, on est sans papiers, sans carte, sans chemise et sans pantalon !

Le policier havrais n'appréciait pas l'humour du gendarme. Il commençait à se sentir fatigué et l'inquiétude de sa femme en ne le voyant pas rentrer cette nuit le tourmentait déjà. Il bouillait à l'intérieur de sa combinaison. Que faisait donc Faidherbe ? Pourquoi n'intervenait-il pas ? Est-ce que l'opération tournait mal ? Il devait bien savoir ce qui se passait pourtant : le micro restait branché et ses collègues pouvaient entendre qu'un gendarme le cuisinait.

– Vous devriez téléphoner à...

– Assez ? Je n'ai pas de conseil à recevoir d'un suspect ! s'exclama Jauvert sur un ton cinglant.

À ce moment, le téléphone sonna. C'était Fésol qui, profitant de l'indisponibilité de son patron pris en charge par l'ambulance à Yport, venait à la rescousse du « petit ».

– Un second lieutenant au téléphone, ricana le gendarme. Une voix dans un combiné n'a pas plus de valeur que la parole du suspect dans sa combinaison ! Passez par la voie hiérarchique, il me faut au moins un commandant, apportez des preuves, et vous pourrez venir cueillir votre homme-grenouille demain matin. J'ai une enquête de meurtres à mener à terme et je tiens peut-être un complice. Je ne vais pas le lâcher comme ça !

Il raccrocha sans laisser à Fésol le loisir d'argumenter.

Avec ce coup de fil, Étrela avait repris de l'assurance. Quel que fût le dénouement de l'affaire qu'il continuait d'ignorer, ses collègues ne le laisseraient pas tomber cette nuit. Il recouvra son calme et entama un monologue sur un ton posé, dressant à Jauvert un panorama circonstancié de la situation, sans omettre un détail, soulignant les enjeux. L'autre écoutait, lui tournant le dos, devant une affiche de recrutement de l'armée. Quand le policier eut fini, le gendarme se retourna brusquement, rubicond.

– Dites, vous me prenez vraiment pour un con avec votre scénario de cinéma ! La D.C.R.I., et quoi encore ? Pourquoi pas l'aviation et un sous-marin nucléaire d'attaque bientôt ? C'est assez ! Vous savez ce que vous êtes dans cette affaire, vous et votre chef du Havre ? Rien. Des vacanciers en tongs qui jouent aux Sherlock Holmes entre deux parties de trictrac et de jambes en l'air ! Or ces messieurs les amateurs s'amusent à entraver la bonne marche de mon enquête... Ce n'est même pas votre secteur ici, bordel !

La bouffée de colère de l'adjudant-chef fut interrompue par un subordonné qui fit un signe. Les deux hommes laissèrent Étrela tout seul. Celui-ci se mit aussitôt à parler dans le microphone de sa combinaison :

– Fésol, préviens Roseline, qu'elle ne s'inquiète pas.

Un gendarme vint le chercher pour le reconduire à la geôle. Avachie sur le banc mural comme une éléphante de mer alanguie, l'Yportnaucrate femelle leva vers lui sa petite tête blonde, animée d'un mouvement du museau interrogatif. Au moment où il entrait, Baudoin passa. Ce dernier reconnut l'adjoint de Faidherbe et s'étonna :

– Lieutenant, que faites-vous là dans cette tenue ? Une enquête dans les bas-fonds ?

La plongeuse gronda sourdement :

– Ah, la bouse ! C'est ça ! Je me disais que ta tête de mufle, je l'avais déjà vue. Assez ! fini de rire maintenant, Coustot de mes deux... ça se prétend photographe, mais c'est qu'un sale keuf. Je kife pas les keufs, moi !

Avec une agilité surprenante, l'armoire à glace, tassée dans sa combinaison de plongée comme un ressort, se détendit soudain et renversa Étrela. Le couvrant de toute sa masse, empoignant oreilles et cheveux, elle entreprit de fracasser le crâne du policier contre le sol. Les deux gendarmes firent bien une intervention, inutile. Le reste de la brigade se précipitât. Et bientôt ce fut dans la cellule comme un oursin géant, bleu marine et noir, hérissé de bras et de jambes, un maelström humain hurlant et gémissant. Ce monstre polycéphale aveugle se cognait à droite, se cognait à gauche contre les parois de la cellule surpeuplée. Dans la confusion, Étrela put enfin se dégager de l'étreinte mortelle de la nageuse hypertestostéronée et, rampant jusqu'à la porte, alla buter de la tête contre les souliers de Jauvert.

Le gendarme l'aida à se relever, le conduisit aux toilettes où le malheureux put éponger son nez ensanglanté et rafraîchir son visage et ses yeux tuméfiés. Derrière eux la geôle retentissait encore du combat farouche que menait la maréchaussée afin de neutraliser la créature des abysses.

Jauvert ramena Étrela dans son bureau, lui fit servir un café, et s'assit en face, le toisant silencieusement avant de laisser tomber, calme et froid, comme si l'incident avec la femme n'avait pas eu lieu.

– On vient de m'apprendre qu'une entreprise de destruction terroriste du paquebot *Vassilissa Olympias* serait projetée. Cela confirme vos élucubrations de tout à l'heure...

Il hésitait à poursuivre. Cependant il fallait se plier à la réalité des faits. Et considérer maintenant ce rival en allié potentiel. Il leva les yeux au plafond au-dessus duquel on entendait les coups de boutoir d'un climat toujours furieux.

– Quelle époque ! Comme si ce n'était pas assez que la planète se déglingue... Bon ! soit, bas les armes... On reprend tout à zéro. Vous me dites ce que vous savez concernant les meurtres et je vous fais reconduire aussitôt chez vous.

Étrela poussa un soupir, doublement soulagé.

– D'accord. On aurait dû vous mettre un peu plus au parfum. Mais ne soyez pas rancunier : le commandant Faidherbe ne savait pas exactement ce qui se tramait, il nous fallait recueillir le maximum d'informations sans trop alarmer la branche clandestine et fanatique du mouvement.

Jauvert tapota avec un double décimètre le similicuir du sous-main de son bureau. C'était un rappel à l'ordre :

– Ne vous occupez pas de mes états d'âme. Dans la cave, le coup de filet n'est pas mauvais : on a serré le gang des sosies. Le vol de la pyramide à la Bénédictine, c'était eux, maintenant on le sait, plus divers cambriolages dans toute la région. On a eu du mal avec ceux-là, à chaque fois ils avaient l'alibi d'être en boîte de nuit. Mais les meurtres ? Pour vous, c'est vraiment le bedeau qui a tué l'abbé Lecornuc, sur instruction de Lorraine, n'est-ce pas ?

– A nos yeux, oui... Même s'il n'a pas vraiment le profil d'un tueur à arbalète. Il a presque reconnu son crime auprès de sa sœur.

– Oui, ça on sait. On doit regretter que la mère Fèvre ait des méthodes dignes de la milice de Vichy... On avoue n'importe quoi comme ça. Quand tout le monde aura fini de jouer au gendarme, cette affaire paraîtra peut-être plus claire, non ? Or, maintenant son frère est toujours dans le coma. On aura du mal à en savoir plus, s'il y reste. Continuez.

– En fait, l'assassinat du curé s'explique de lui-même : l'abbé qui appartenait à la branche purement sportive du club avait eu vent que lui et les autres adhérents sains servaient de façade à un mouvement clandestin engagé dans un projet mégaloparanoïaque orchestré par le milliardaire Lorraine. En dévoilant tout, Lecornuc menaçait de faire capoter la vengeance et le « Grand Œuvre » : la transformation du *Vassilissa Olympias* en mausolée d'Ondine de Sainte-Bove.

– Ça, on ne le savait pas et l'on aurait bien aimé le savoir, répliqua sèchement le gendarme. C'était quand même un crime excessivement voyant, non ?

– Et tout à fait à dessein, afin de décourager ceux qui auraient été tentés de flancher. Et puis il suffisait que l'enquête traîne quelques jours... On peut supposer qu'après l'attentat, plus rien n'importera à Lorraine qui aura su se mettre à l'abri, il a de quoi. Les autres sont rendus aveugles de fanatisme, ils ne voient pas qu'ils seront sacrifiés.

– Le restaurateur a été aussi éliminé par la même équipe, non ?

– Certainement, mais le commandant Faidherbe vous laisse le soin de découvrir qui a participé à cet assassinat en plus du bedeau, car il fallait au moins être deux. Si vous avez un peu de chance, le ou les coupables étaient dans le bain bouillonnant avec moi. Et peut-être dans la cellule d'à côté en ce moment. Elle a de la force, la virago, la force de deux hommes à elle seule...

Étrela se frotta une oreille encore rouge de la caresse de la nageuse déchaînée. On entendit au même instant un lamento lointain, comme un chant de baleine qu'accompagnaient les coups d'archet du vent passant à travers l'encadrement d'une fenêtre mal isolée. Le lieutenant crut reconnaître les mélopées étranges de quelque formation islandaise de sa discothèque. Non, c'était la complainte de la « Belle Vador » au fond des geôles.

Le gendarme se leva, contourna la table et de toute sa hauteur plongea son regard dans les yeux d'Étrela :

– Il est bien bon, votre commandant Faidherbe, de me laisser quelques os à ronger. Je les rongerai, croyez-moi, je les rongerai jusqu'à la moelle car il ne me plaît pas qu'il n'y ait qu'un coupable incertain dans une si grosse affaire, un pauvre type à l'agonie à l'hôpital tandis que le gros poisson s'est échappé. J'ai idée que mon coup de filet ramènera au moins une belle morue.

Étrela blêmit. « Belle Vador » rugit au loin.

– Vous ne pensez pas que mademoiselle...

– Je vais me gêner, tiens ! La garce de Sainte-Bove est mouillée jusqu'au cou. Votre patron la couvre, au sens figuré comme au sens sale. Ce n'est pas bon tout ça, flirter avec le crime... ça fait tache, ça laisse des traces dans une belle carrière.

Le policier ulcéré bondit. Jauvert l'avait prévenu et le repoussa violemment au fond de son siège. Le gendarme s'écria avec une familiarité nouvelle à l'encontre du lieutenant :

– Tu n'en as pas reçu assez ?

Puis il se fit quasi fraternel :

– Tu es encore plus jeune que moi, ne fous pas ton avenir en l'air pour des causes douteuses. La loi, le droit, c'est clair. Il n'y a pas d'autre voie, sinon un jour c'est la logique floue des sentiments, un autre celle des intérêts et l'on perd sa raison d'être. Je te fais déposer chez toi. On va te prêter des chaussures.

Étrela, encore sonné par les assauts de « Belle Vador », découvrit alors avec ahurissement qu'il était orteils à l'air depuis des heures. Il s'était défait de ses palmes au moment de l'arrestation et n'avait plus pensé à ses pieds depuis.

Une nouvelle bourrasque fit ricaner le chambranle de la fenêtre.

16

Yport se pique et colle au drame

Un binôme de Mirages 2000 de l'Opération Satrouille parvint au-dessus de la zone en quelques minutes. Les consignes étaient claires : pas d'intervention directe sauf cas de force majeure. Comme d'habitude. Il faudrait bien jauger la situation, s'assurer de la réalité du danger, intimider d'abord, et traiter une cible, c'est-à-dire frapper en dernier recours. Surtout, éviter d'envoyer par le fond un chalutier en plein travail. Absolument éviter aussi de toucher la falaise. Après les évènements d'Étretat[30], la côte avait été suffisamment secouée. Bref, le commandement ne voulait pas de dommages collatéraux. Une précision chirurgicale, voilà ce qu'on attendait des pilotes. Les pilotes étaient des boules d'adrénaline sous pression. Cramponnés à leurs manches, ils mettaient pour la première fois à l'épreuve leur expérience du feu en Afrique ou en Afghanistan sur leur propre territoire. Les avions firent un virage à cent quatre-vingts degrés à l'aplomb des falaises puis ils volèrent bas en direction de la zone où avaient été signalés les deux navires, en longeant la côte, direction est, nord-est. La terre ne se devinait maintenant que par des tâches lumineuses jaunâtres d'intensités diverses indiquant villes et villages du front de mer. Ils virèrent de nouveau, fermant la boucle.

Les pilotes passèrent Saint-Valéry-en-Caux. On devinait Dieppe qui clignotait plus loin. Fécamp se signala par un triangle lumineux pointant vers l'intérieur des terres. Les avions virèrent en direction de l'Angleterre. Une myriade de petits points lumineux parsemait la surface de la Manche. Le ciel était opaque à l'ouest. Un orage chauffait, qu'annonçaient des éclairs zébrant l'horizon. En revanche, visibilité parfaite des signaux lumineux au sol. Nuit noire tout autour. La tâche deviendrait difficile si l'embarcation suspecte se déplaçait sans balise. Un

30. cf *Clou d'éclat à Etretat..*

renfort d'hélicoptères était nécessaire afin de survoler soigneusement la zone avec des dispositifs de vision infrarouge. C'était prévu, Cherbourg envoyait deux Dauphins, mais ces appareils arriveraient plus tard. Il faudrait se débrouiller sans eux en attendant. Derrière les Mirages, Yport devenait presque invisible, une tâche blafarde qui disparut rapidement. Seule une petite palpitation bleue persista plus longtemps.

– Nom de Dieu, on n'y voit vraiment rien....

Quelques minutes auparavant, Durozier avait tracé la route à toute vitesse en direction de la côte, les fenêtres du véhicule grandes ouvertes, cherchant à savoir si la catastrophe en cours ne donnait pas de ses nouvelles. Le capitaine Hayeur s'écrasait au fond de son siège ; il semblait essayer d'y disparaître. L'officier de la D.C.R.I. ne dormait pas, il ne se protégeait pas du vent, il était pétrifié de nausée, les yeux écarquillés, cependant aveugles face à la nuit normande. Fésol avait abandonné toute écoute mais, le casque encore sur les oreilles, il récitait en marmonnant une litanie originale qui faisait défiler tous les saints de la liturgie entre des « putains » proférées de son accent méridional. Les trois hommes étaient encore à l'intérieur de la Mégane que déjà Faidherbe s'était précipité sur la plateforme de ciment, une main sur la poitrine.

Faidherbe serrait les dents. Comme s'il avait voulu la pousser sur la mer, le policier s'appuyait de tout son poids sur la rambarde qui arrêtait la terrasse surplombant la plage, à gauche de l'escalier que l'abbé Lecornuc avait descendu pour la dernière fois une dizaine de jours plus tôt. Son long buste dressé par-dessus, le commandant semblait humer la brise marine, à l'instar d'un chien d'arrêt. On aurait cru qu'il s'assurait que l'atmosphère n'était pas déjà chargée des senteurs d'un désastre. De là, on ne voyait rien sinon quelques petites lueurs à l'horizon, tremblant au gré des flots comme une rangée de chandelles. Des éclairs sporadiques apparaissaient au fond, produits par un orage encore sec, sans tonnerre. Deux petits points incandescents filèrent à travers la nuit vers le large, juste après qu'on eut entendu leurs déflagrations supersoniques tout près du rivage. Ce coup de semonce dissipé, la petite ville était redevenue parfaitement calme, confite de quiétude nocturne, que seuls troublaient le néon bleu barrant le fronton du casino et le ressac de marée basse qui clapotait tranquillement un peu plus bas.

Le policier sentait venir la fin. Sur la route, il avait fait appeler une ambulance par Fésol qui l'avait regardé avec une inquiétude quasi maternelle. Non que le commandant se sentît au plus mal, mais il anticipait. Ses boîtes de médicaments étaient vides et son cœur battait de loin, en sourdine. Sa poitrine était empoignée par une douleur connue, l'étau familier se resserrait.

Les minutes à venir allaient le soumettre à plus rude épreuve encore. Et Grâce, où était-elle passée ? se demandait Faidherbe. N'avait-elle pas eu l'idée de prendre un bain de minuit ? Ce genre d'excentricité lui ressemblait assez. Autre souci : si le bateau était frappé par la torpille avant l'intervention aérienne, y aurait-il suffisamment de moyens prêts à secourir les naufragés ? Faidherbe se figurait déjà des centaines de corps venant s'échouer là, en dessous, révélés par le faisceau de sa lampe, au milieu de débris épars. Des hommes et des femmes épuisés, gémissant au milieu des morts, d'autres émergeant de la nuit debout, hagards, visages brûlés ou en lambeaux, à demi nus, surpris en plein sommeil par une attaque aussi insensée qu'imprévisible. Et Grâce avec eux, sortant de l'eau en bikini rose, soutiendrait un estropié en chantant un air d'opéra.

« Voilà que je délire maintenant ! » se dit le commandant. Il se ressaisit, revint vers ses hommes, mit sa main sur une oreille en s'adressant à Fésol :

– Alors ?

– Pas de retour pour l'instant, patron. Les avions viennent à peine de passer...

– Donnez-moi des jumelles !

– C'est la nuit, patron !

171

En guise de réponse, Faidherbe tendit une main volontaire à l'intérieur de l'habitacle et fit sursauter le malheureux Hayeur qui se serait voulu autre part, encore chaviré qu'il était par le voyage. Durozier donna à son chef des jumelles remisées au fond du vide-poche en regardant d'un air narquois le dur de la D.C.R.I. assis derrière. Le commandant retourna à son poste d'observation et balaya l'horizon de l'objectif binoculaire. Pas mieux : les chandelles étaient toujours aussi minuscules et même de plus en plus ténues, l'horizon toujours aussi opaque. Entre les deux, un noir abyssal.

– On pourrait peut-être rappeler la gendarmerie, au sujet d'Étrela. Et puis on aurait peut-être des nouvelles des opérations.

De la voiture, Durozier avait risqué cette suggestion à son patron, poussé par Fésol. Faidherbe ne répondit pas. Un véhicule approchait quasi furtivement, en veilleuses et sans gyrophare comme on l'avait indiqué à son chauffeur : l'ambulance.

– Ça va m'occuper un instant, tiens ! prononça le commandant dans un souffle.

Le véhicule s'arrêta juste devant lui, une porte coulissante s'ouvrit. Faidherbe tendit son bras au bout duquel sa main tremblait. Un médecin hirsute allait faire le même geste pour le saluer.

– Au moins 22 de tension, je parie, vérifiez ! feignit de fanfaronner le policier.

Faidherbe s'assit à l'intérieur du véhicule. Il fixait l'horizon toujours muet. Le médecin lui passa le brassard qu'il gonfla puis regarda ses deux coéquipiers en levant les sourcils.

– Bien vu, vous frisez le 23. Allongez-vous, je vais vous examiner.

– Vous serez gentil de laisser la portière ouverte, demanda le policier, que je voie bien la mer. La brise est légère, l'air chaud.

Faidherbe s'installa confortablement, allongé sur la banquette de l'ambulance. Il avait ramené la couverture légère sur le bas de son corps et posé sa tête sur son avant-bras. En fait, il avait froid.

— Ça c'est sûr, répondit le médecin qui l'auscultait avec son stéthoscope, un orage chauffe.

Il déposa le stéthoscope sur son cou et soupira.

— Vous préférez l'hôpital de Fécamp ou celui du Havre ?

— Aucun des deux, on reste ici. Vous êtes très bien garés. Tenez, voici ma carte Vitale.

Faidherbe avait sorti sa carte de police. Le médecin prépara une injection.

— Qu'est-ce qui se passe ici ? Une livraison de drogue ? demanda l'urgentiste en le piquant.

— Oh... rien de bien grave... Tiens ! Te voilà toi, tu devrais être couché à cette heure !

Spiros était là, devant la portière ouverte du véhicule. Les mains enfouies dans les poches d'un pantalon de pyjama rouge, il fixait un point imaginaire au-delà de Faidherbe de son air complètement inexpressif, le regard perdu, lointain mais les sourcils froncés. Derrière lui s'avançait son alter ego d'un pas hésitant, le fils Rouvray, qui bâillait en se grattant la tête. Une allure de Rimbaud ensommeillé.

— C'est fête galante ! Voilà la paire ! feignit de s'étonner le commandant.

— Vous faites quoi, m'sieur ? demanda Spiros, c'est la Nuit des étoiles ?

— En quelque sorte, oui, on va avoir du spectacle ! Et de mon camping-car de luxe, je suis aux premières loges ! Dis donc, tu ne saurais pas où se trouve Mlle de Sainte-Bove par hasard ?

Le gamin le regarda par en dessous, esquissa un sourire.

— J'sais pas. Regardez bien au fond votre lit bizarre, là, elle y est p't-être cachée !

L'autre môme ajouta en agitant les doigts de ses deux mains devant sa bouche :

— P't-être qu'elle est en train de donner à bouffer aux crabes avec sa maman !

Avant que Faidherbe n'eût repris le morveux à cause de ce trait d'humour noir qu'il ne goûtait pas, Spiros ajouta :

– À mon tour, de poser une question. Vous sauriez pas où est passé mon daron, par hasard aussi ? Ce soir, j'ai trouvé un mot sur la table de la cuisine : « Adieu ». Il s'est barré avec deux mallettes de scarabées, une misère... Demain j'irai le dire aux keufs, s'il n'est toujours pas rentré. Et ça me fait bien mal. Ils ne vont pas me croire !

Spiros prononça ces derniers mots sur un ton résigné.

Faidherbe en resta sans voix. Il comprit soudain comment voyageaient les diamants de Lorraine : clandestinement, fourrés à l'intérieur des abdomens d'insectes par Céleste Ouin. Le croupier servait aussi au milliardaire de banquier au noir. Quant à être père, Ouin y avait renoncé. Sans doute sous la pression des circonstances. En fuite. Après le fils, le père. Cet éclair de lucidité occasionna une faiblesse. Le médecin, qui branchait le policier sur un monitoring, soupira de nouveau en dodelinant de la tête. Les deux gamins se retournèrent vers la mer.

– Ça va péter..., dit Spiros.

– Grave ! répondit l'autre. On s'arrache !

– Oh oui ! conclut Faidherbe, ça va craquer.

Les deux garçons disparurent dans la nuit par la descente en ciment. Leurs rires se mêlèrent au frottement des galets qu'ils écrasaient sous leurs pas. Si la ville commençait à s'éveiller comme ces deux loustics-là, cela compliquerait considérablement les choses. Il fallait que la situation se dénouât à l'instant.

On entendit soudain une déflagration lointaine. Le feu d'artifice commençait. Faidherbe se redressa à demi. Ses trois collègues sortirent précipitamment de la Mégane. Tous restèrent à l'écoute de longues secondes, immobiles. Seul le bip rapide du monitoring rompait le silence. Une autre explosion eut lieu. Le bip accéléra. Faidherbe gémit.

– Putain ! C'est quoi ? L'orage, non ? demanda Fésol.

– Bip... bip... bip... bip....

– Peut-être, je ne sais pas d'où ça vient. Avec les falaises, ça fait écho, répondit Durozier.

Hayeur silencieux mais un peu remis réussit à ouvrir les bras en signe d'ignorance. Faidherbe scrutait de nouveau l'horizon de ses jumelles, en vain. Le médecin au-dessus surveillait ses appareils.

– Faut cesser de vous agiter, monsieur, parce que...

– La paix ! Fésol, appelle la préfecture maritime ! ordonna le commandant avec le fond d'énergie qui lui restait.

Les déflagrations se répétaient en cascade maintenant. Le ciel s'allumait d'éclairs venant de toutes les directions. Le lieutenant Fésol regagna la voiture, suivi de Durozier. Il mit à profit cet instant pour appeler la brigade et tenter de tirer Étrela des griffes de Jauvert. Hayeur resta dehors, appuyé contre l'ambulance, à fumer une cigarette... Faidherbe se rallongea, serrant les dents. L'intérieur de sa poitrine était en feu. Le monitoring crépitait.

Après quelques bouffées, l'homme des services secrets écrasa méticuleusement sa cigarette avec la pointe de son mocassin puis s'introduisit dans le véhicule de santé. Faidherbe leva vers lui un regard interrogateur tandis que le médecin soufflait de colère.

– J'ai une dernière instruction à vous donner, commandant.

Le policier ne releva pas l'absence du « mon » de respect, alarmé par le mot « dernière ». *In cauda venenum*[31], pensa-t-il. Il aurait juré qu'il s'agissait de Grâce. Il ne se trompait pas.

– C'est à propos de la fille. N'y pensez plus. Elle est à nous. D'ailleurs, à l'heure qu'il est, elle a déjà été embarquée par un de nos hommes. Vous n'entendrez plus jamais parler d'elle. Et surtout ne la cherchez pas, même vos amis de Paris ne pourraient pas vous tirer d'affaire, si vous vous y risquiez. Je me suis bien fait entendre ?

---

31. *In cauda venenum :* C'est dans la queue qu'est le poison . Expression latine qui signifie que si le début est rassurant, la fin fera mal.

Faidherbe avait baissé les paupières. Rideau. L'interlude sentimental était terminé. Il l'avait toujours su sans vouloir l'accepter. Les avertissements de Bouilleux lui revinrent en mémoire. Il rouvrit les yeux. Le capitaine Hayeur le fixait froidement et Faidherbe sentit qu'en plus d'être méchant, l'agent voulait le plaisir de l'écraser davantage, méticuleusement, comme son mégot de cigarette.

– Vous connaissez celui qui l'a prise en main : c'est le lieutenant Perchet, votre ancien adjoint ici, un homme à nous qu'on a dû exfiltrer en catastrophe de la nationale il y a quelque temps. Il était devenu trop voyant, à cause de vous. Perchet s'occupera bien de mademoiselle Bove, je vous le garantis.

Faidherbe eut un éblouissement. Venait-il de l'extérieur ? Venait-il du fond de lui-même ? Il ne sut pas. Littéralement choqué par la nouvelle.

Hayeur était sorti du véhicule blanc et marchait posément vers le parking au-delà du Casino où l'attendait un break Laguna gris ardoise, moteur tournant.

Au même moment, un bruissement parvint de la mer, qui s'amplifia rapidement jusqu'à devenir assourdissant. Les deux diablotins repassèrent devant l'ambulance, les mains sur la tête.

– Trop puissant ! l'orage, ça déchire ! s'écria l'un d'eux.

La tôle du véhicule fut frappée d'une mitraille soudaine. Il pleuvait des grêlons.

– Patron ! hurla Fésol de la voiture, J'ai Cherbourg. « Opération Satrouille : objectif traité ». Les avions rentrent au sol. Des hélicos de secours arrivent bientôt sur zone pour d'éventuels rescapés. Ils nous rappellent plus tard ! Moi, je ferme.

Le policier montrait le ciel en guise d'explication. Le médecin rabattit la portière coulissante de l'ambulance d'un coup sec.

17

Lorraine à l'eau

Cette même nuit, le *Vassilissa Olympias*, paquebot battant pavillon grec, croisait tranquillement au large d'Étretat pour remonter vers Oslo, première et dernière étape de la croisière conférence « Groenland, Islande, Norvège, Europe du nord, Terres des Vikings ». Le navire emmenait des passagers de toutes nationalités, glanés dans les ports à chaque escale. Southampton, Caen et Le Havre avaient été les derniers en date. Les quelques Français fraîchement embarqués se dirigeaient vers le dancing en titubant quand, à une heure du matin, les haut-parleurs émirent un « Tut... tut... » d'alerte en grésillant. Les fêtards poursuivirent pourtant leur chemin, peu familiers encore des usages du bord, et croisèrent au milieu d'une coursive les vieux érudits qui animaient les conférences. Les doctes cachaient maladroitement des bouteilles détaxées derrière leur dos.

Prévenu par la préfecture maritime de Cherbourg, le commandant de bord avait décidé de préparer une évacuation en prétextant un exercice d'entraînement, afin d'affoler le moins possible ses passagers et ses marins. L'équipage aussi était international. Sous le commandement d'un Pakistanais qui tentait tant bien que mal de diriger un personnel sino-indonésien, les consignes de l'évacuation furent données dans un anglais approximatif par un chef mécanicien d'origine norvégienne, le seul homme de quart à même de pratiquer un idiome européen.

Ainsi, on ne trouva au bout de cinq longues minutes sur les ponts de regroupements que quelques familles britanniques mal réveillées que les instructions, approximativement comprises, avaient passablement inquiétées. Sur le pont supérieur, un seul passager avait depuis longtemps devancé l'appel. Emmitouflé dans son plaid écossais sur sa chaise roulante, Yannis

Lorraine regardait alternativement l'horizon nocturne de la côte et l'écran d'un téléphone portable qu'il tenait au creux de sa main gantée. D'autres voyageurs s'amusaient encore dans la boîte de nuit, concluant la soirée du commandant en se trémoussant. Poussés hors du dancing puis des coursives par des stewards nerveux, ils débouchèrent en robes longues et smokings sur le pont, ahuris et à demi avinés, au moment où une sirène appelait à l'extérieur le reste des passagers restés en cabines. Parmi ces derniers, certains surgirent munis de gilets de sauvetages incomplets enfilés à l'envers sur des nuisettes ou des pyjamas. Le personnel dut aller frapper aux portes afin d'alerter les plus ensommeillés.

L'évacuation promettait d'être un désastre. Le prétendu exercice tournait à la pantalonnade. La rumeur – il y avait déjà eu quelques fuites – courait que des pochards de la boîte de nuit, des Russes, avaient déclenché un signal d'alarme pour rigoler des braves gens endormis. Elle grossissait au fur et mesure des traductions de groupes en groupes, renforcée et rendue vraisemblable par l'absence totale d'organisation. Voyant la pagaille, certains des premiers arrivés commençaient même à faire demi-tour et à regagner leurs cabines.

Et pourtant il ne s'agissait pas d'un exercice, mais le commandant ne pouvait pas faire hurler par les haut-parleurs qu'une vedette armée d'une Sqwalette russe, modèle 90, fonçait droit sur eux dans l'intention de les envoyer par le fond plus rapidement qu'il ne le faudrait pour chanter les premiers vers du « Plus près de toi mon Dieu ». En vue de calmer les esprits, le commandant ordonna que la sono de la boîte de nuit fût branchée sur les haut-parleurs du pont. L'animateur en titre du paquebot, D.J. Orpheus, officia donc derrière sa console depuis la boîte de nuit désertée. Cet être sensible aux cheveux peroxydés s'imaginait déjà sacrifié en héros mélomane à son poste, la mort dans l'âme, les larmes aux yeux.

Sur le pont arrière, un aumônier, mis au courant par le radio du bord qu'un drame était imminent, arpentait de tribord à bâbord l'espace qui se remplissait de femmes et d'enfants, de plus en plus pâle, en tripotant fébrilement la petite croix d'argent épinglée sur le revers de son veston. Des gens inspectaient les canots, commençaient même à les investir en rigolant. Arrivé à l'extrémité du pont, le prêtre scruta les flots avoisinants, la sueur au front. Il ne vit pas au loin une traînée de feu tomber du ciel, raser les flots puis une petite lueur rougeâtre illuminer la surface entre Fécamp et Yport, lueur qui fut suivie d'une déflagration quasiment indistincte de celle du tonnerre. L'aumônier leva les yeux vers le firmament brutalement éclairé. Un orage venait de se déclencher au-dessus d'eux.

À ce même instant, le pilote du Mirage 2000 se sentait plus léger, soulagé des quelque sept cents kilos de son tout nouveau missile air-surface AM4O block 3. Les quatorze tonnes qu'il pilotait à une vitesse qui ferait passer un champion de F1 pour un infirme cérébral n'avaient pas bronché. On était loin des balancements de manège de la 2 CV Citroën de mémé en route vers le marché quand on passait sur le gendarme couché à l'entrée de Valmont, pendant les vacances de son adolescence. Il n'y repensait jamais sans émotion. C'est à l'intérieur de cet habitacle vrombissant de tôle et de toile qui volait au-dessus de la route à soixante-quinze kilomètres à l'heure que lui était venu le goût de l'aviation. Il se dit qu'au retour à la base, il passerait bien à l'aplomb de Valmont, justement, et y pétaraderait un petit mur du son de la victoire. Difficile à justifier dans le rapport, ce petit détour sur les plans de vol. Mais quoi ? Le rapport serait si bon. La mission avait été aussi efficace que rapide malgré l'obscurité.

Une vedette, tous feux éteints, filant à vive allure, ça vibre bien au radar et sa direction n'avait pas vraiment fait douter de ses intentions. Quelques éclairs vinrent alors éblouir la scène d'une lumière sans ambiguïté. Jadeau, aux commandes du deuxième Mirage, confirma : un flash atmosphérique avait montré sur le pont du vaisseau suspect l'installation parfaitement adaptée d'une torpille à grande vitesse mer-mer, de type Sqwalette. Et la vedette venant de la côte fonçait tout droit sur le paquebot *Vassilissa Olympias*, alors exactement au large d'Yport selon les calculs du second qui avait fait le point sur le phare de Fécamp. Il était temps d'œuvrer en chirurgien et d'amputer le vaisseau criminel de sa capacité à nuire.

Au deuxième passage, le pilote avait actionné la commande du missile. L'objectif fut traité dans une gerbe de feu plutôt discrète car noyée parmi la salve d'éclairs d'un orage sec. Opération Satrouille terminée. Le pilote ne profita pas du spectacle qui se produisit derrière lui. Jadeau confirma que c'était plutôt beau. Décidément, les entraînements sur simulateurs de vols étaient plus excitants que les contacts réels à cette vitesse-là. Il y a des jours où l'on préférerait piloter un hélicoptère et stationner un peu plus au moment de traiter la cible.

La préfecture maritime prévint sur-le-champ le commandant du *Vassilissa Olympias* que tout danger était désormais écarté. L'officier de marine se rua sur le micro pour interrompre la musique de D.J. Orpheus et hurla lui-même la fin de l'exercice d'alerte à s'en casser la voix. Quelques secondes après, Yannis Lorraine regarda l'écran de son mobile et comprit tout. Il vira à 90 degrés sur sa chaise en direction de la poupe du navire, jeta son téléphone qui rebondit sur le pont inférieur avant de plonger par-dessus bord.

Des stewards donnèrent des consignes de retour sur chacun des ponts à l'aide de porte-voix. Tâche aussi vaine qu'inutile : l'humeur avait changé, même les enfants ne voulaient plus se recoucher. La plupart des passagers dansaient maintenant joyeusement au rythme de la musique électronique qui avait repris de plus belle. Le DJ., enfermé à double tour dans sa cabine, le casque vissé sur les oreilles, passait les disques les plus frénétiques de son répertoire techno, les yeux aveuglés de larmes. Un morceau au rythme martial, telle une marche funèbre accélérée, frappée de tubes et de carillons psychédéliques, faisait palpiter tous les ponts, comme pour concurrencer la colère de Thor qui se déchaînait au-dessus du navire. C'était la première fois depuis bien longtemps qu'on s'amusait à la folie sur le *Vassilissa Olympias*. Les stewards se trémoussèrent alors parmi les jeunes passagères mouillées par la pluie qui tombait. Le commandant vint les rejoindre, aphone mais follement gai lui aussi. Cette fois, le pire n'était pas arrivé ! L'aumônier accoudé au bastingage se forçait à sourire en se demandant si le radio du bord ne lui avait pas raconté des blagues.

Du pont supérieur, Lorraine, lui aussi immergé au milieu de danseurs plus ou moins alcoolisés, contemplait, dégoûté, le spectacle désolant d'une humanité misérable qui venait de manquer son rendez-vous avec l'éternité de l'art. Tous ces gens auraient dû constituer pour lui et pour son Ondine un cortège funèbre digne d'un roi scythe ou d'un empereur de Chine, dans le paquebot blanc transformé en mausolée sous-marin... Au lieu de cela, tels de grotesques, de pitoyables pantins, ils gigotaient sans vergogne sur des rythmes pachydermiques anglosaxons, ces barbares !

Au comble de la rage, Yanis Lorraine perdit ses dernières lueurs de lucidité. Il les écrabouillerait. Tous. L'infirme moulina des bras pour reculer vivement en arrière, ouvrant à son passage la masse compacte des danseurs. Certains protestèrent, d'autres applaudirent. On l'arrosa même de champagne au passage. Lorraine s'arrêta ensuite, le dos du siège contre la paroi du carré des officiers et sourit. Les haut-parleurs carillonnèrent une samba électronique. Une passagère un peu forte déguisée en guerrière viking à tresses se trémoussait près du bastingage en l'appelant à elle. Il s'élança. En route pour le Walhalla sous-marin !

Et comme par miracle, la foule s'ouvrit en deux devant lui. Dans un formidable élan, sa machine roulante s'engouffra à toute vitesse au milieu de cette double haie d'honneur qui aboutissait à un enchevêtrement de mobilier en plastique. Deux fauteuils de relaxation l'un à côté de l'autre et inclinés comme il fallait constituèrent une bonne rampe de lancement. Un mouvement de tangage donna l'inclination parfaite. L'ex-plongeur décolla avec merveille. Les Dieux de l'Olympe avaient servi à Yannis Lorraine la fin spectaculaire qu'il méritait.

L'aumônier sentit quelque chose frôler le sommet de son crâne. Il y porta la main. Une mouette peut être — il avait cru en entendre le jappement criard — Ou quelque objet lancé par un passager éméché. Une masse sombre venait en effet de passer au-dessus de lui, avait effleuré l'étambot du paquebot et plongé au creux de son sillage bouillonnant. Un éclair illumina alors l'espace. Un plaid écossais flottait derrière le navire, en suspension dans la brise marine et disparut, happé par l'obscurité.

Ce sont les poissons qui ont été étonnés... « Tiens, monsieur Lorraine ! Il y avait longtemps qu'on ne vous avait pas vu. Voilà une surprise. Et vous descendez ainsi, de nuit, sans masque, sans combinaison, sans lumière non plus ! Vous ne manquez pas d'air ? ». Ce qui les étonnait le plus était cette masse métallique avec laquelle Lorraine s'enfonçait. Était-ce donc un nouveau modèle de casier ? Mais à quoi pouvaient donc servir ces grandes et ces petites roues ? Un vieux saumon, qui avait beaucoup voyagé, avait vu du pays, remonté des fleuves, assura que ce n'était pas un caddy de supermarché. Et comme bien des vieux, il se lança dans des explications compliquées et interminables. On ne le crut qu'à moitié : il y avait aussi à manger là-dedans mais ils n'y touchèrent pas tant que le bonhomme produisait des bulles.

En tout cas, ils dédaignèrent tout à fait la rivière de diamant qui sous l'impact avait glissé hors d'une poche de monsieur Lorraine. Ça, c'était la part de madame Ondine.

À Yport, un quart d'heure après cette étonnante immersion, Faidherbe se redressa dans l'ambulance sur sa couche de douleur, la sueur au front, les yeux hallucinés. Son esprit était une nouvelle fois la proie d'un cauchemar sous-marin. Une image s'était fixée dans son regard, comme par un effet de persistance rétinienne : c'était celle de la proue gigantesque et sombre d'un navire, vue en contre-plongée, arrêtée sur des fonds blonds sablonneux qu'elle avait enfoncés de sa masse. La tôle du bateau gémissait encore dans un son cotonneux. La coque éventrée déversait un flot de mazout qui remontait lentement vers la surface par filets pétillants.

Faidherbe sortit du véhicule sanitaire, sans entendre les avertissements paniqués du médecin. Il descendit sur la plage par l'escalier de ciment et vint s'asseoir lourdement sur les galets humides, le menton sur les genoux, au bout du rouleau. Il subissait l'effondrement nerveux des fins d'affaires, la sortie, le corps en miettes mais l'esprit soulagé, de la zone de turbulences où tout aurait pu basculer dans un désastre irréparable. Le commandant releva enfin la tête, ferma les yeux un long moment pour humer la brise chaude de cet épisode orageux, maintenant passé. Le médecin s'était silencieusement approché de lui avec ses appareils d'intervention mobile, au cas où...

Un hurlement sourd sortit alors Faidherbe de sa torpeur. Une corne de navire résonnait au large. Le policier ouvrit les yeux. Le médecin posait délicatement un masque à oxygène sur son visage. Le commandant en était sûr : là, devant, sur la mer, une guirlande lumineuse tremblait au-dessus d'une forme triangulaire plus claire. De cette silhouette fantomatique qui semblait s'approcher de la côte inexorablement provenait un rythme de tambour martial ponctué de sons plus aigus frappés dans l'air, pareils à des coups de fouet.

Le barreur ivre ayant rejoint la sarabande de carnaval qui parcourait le paquebot, le *Vassilissa Olympias* fonçait joyeusement sur Yport à la vitesse d'une Méhari folle. Merde. Faidherbe s'évanouit.

18

Tableau final

Le lendemain, Étrela n'eut pas le droit de visiter son supérieur à l'hôpital Monod du Havre où Georges Faidherbe avait été conduit. Roseline gardait son lieutenant de mari à la maison, la tête sous des kilos de sac de glace. Du reste, le commandant, à qui le docteur avait prescrit quatre jours d'observation et d'isolement complet, ne pouvait recevoir personne. Il ignorait ainsi les éloges que la presse lui adressait mais aussi que quelques voix s'élevaient, s'indignant qu'on n'eût pas sauvé les auteurs de l'attentat, tant qu'on y était.

Quand le jeune lieutenant put faire sa visite, il emmena Olga, une lombalgie bloquant au lit Roseline Étrela à son tour.

Le légiste Foutel était au chevet de Faidherbe à titre amical. Le commandant rouspétait que sa sortie fût remise au lendemain. Quatre jours d'hôpital !..

– C'est toujours mieux que l'éternité du cimetière... dit sombrement le médecin.

– Toujours le mot pour rire, répliqua Faidherbe. Si vous croyez que j'ai le cœur à ça. Je n'ai pas eu une seule nouvelle depuis vendredi. Votre confrère ici m'a interdit tout contact avec l'extérieur. À vous, je peux l'avouer : j'ai le cœur brisé.

– Il ne vous manquait plus que ça : hyperactif, cardiaque et amoureux. Bon Dieu, commandant ! vous cherchez le sapin ?

– Noël ! cria Olga quand elle entendit « sapin » en entrant dans la chambre d'hôpital.

La petite se tortillait dans les bras de son père, désireuse de voir au-delà des meubles sans couleur et des adultes insignifiants où était le sapin avec ses boules, ses lampes colorées, ses guirlandes et ses cadeaux.

– Quelle mignonne petite ! s'écria le docteur Foutel, tout en farfouillant au fond de ses poches, au grand effroi de

Faidherbe. Le policier se demandait quelle horreur de salle de garde le légiste allait en sortir pour amuser la gamine : un doigt, une main ou tout un pied de macchabée ? Finalement, Foutel en tira une tablette de chocolat en lançant à l'adresse du malade :

– Elle vous était destinée, mais vous ne la méritez pas, je la donne à cette petite mignonne.

Quand le médecin légiste fut parti, le commandant apostropha Étrela :

– Alors tu m'apportes des nouvelles de Grâce ?

Il ne demandait rien à propos de l'échouage du *Vassilissa Olympias*. Il préférait ne pas revenir sur cette fausse note finale, peu glorieuse mais heureusement sans victime.

– Elle a disparu, patron, répondit le lieutenant. Personne ne sait où elle est passée, pas même les gendarmes qui voulaient l'interroger en qualité de témoin.

Avec ce mensonge sur ce dernier point, il espérait atténuer un peu la peine de son chef.

– Qu'en dit Marigaux à *La Conque* ?

– Rien de plus.

– Je sors demain, viens me chercher, nous filerons à Yport. Je voudrais absolument savoir par quel moyen Lorraine a payé cette torpille, nom d'un chien. Ce n'est pas avec les diamants que détenait Ouin dans ses scarabées, ils devaient servir à récompenser les complices. Et puis ça ne tient pas debout, les Russes...

– Les Biélorusses, patron.

– Ne m'emmêle pas. Perrine est avant tout un ex du KGB, sa nationalité actuelle ne compte pas. Les Russes ne s'intéressent pas aux diamants, reprit Faidherbe ; s'ils en avaient besoin, ils feraient comme tout le monde, ils se les procureraient en Afrique où il y a d'excellentes filières, pas besoin de les échanger à un type comme Lorraine... Non, Lorraine devait posséder quelque chose qu'il a monnayé contre la torpille. Mais quoi ? Seule Grâce serait en mesure de nous le révéler maintenant que l'attentat est manqué.

Il ne voulait pas s'avouer que Grâce pouvait aussi le révéler à d'autres qui n'attendraient pas le commandant Faidherbe pour l'interroger et la faire parler.

– Patron, vous êtes en convalescence prolongée..., tenta d'objecter Étrela.

Faidherbe se départit de sa courtoisie proverbiale :

– Ah, ne m'emmerde pas avec ça !

Aussitôt, il regretta sa grossièreté. Il se confondit en excuses auprès d'Olga. La fillette les accepta très sérieusement, tout en maculant de chocolat le col de chemise de son papa avec application.

À Yport, cinq jours plus tard, Marigaux se précipita vers Faidherbe et Étrela aussitôt qu'il les aperçut à la porte de l'hôtel. Le commandant devançait son adjoint à pas pressés, tête dans les épaules, pareil à une vedette fuyant les paparazzi. Des journalistes pouvaient le reconnaître. Il jeta néanmoins un regard furtif vers la mer. L'horizon était barré à un mille par le grand corps blanc du *Vassilissa Olympias* échoué là-bas comme une baleine titanesque. Après l'affaire d'Étretat, le commandant se sentait presque coupable de ce nouvel outrage infligé à la côte. Pourtant, le paquebot s'était échoué de lui-même à cause d'une désorganisation joyeuse qui avait fait quitter leurs postes aux hommes de quart. Faidherbe n'y était pour rien. D'ailleurs, il n'avait pas à craindre les médias : la masse du navire immobilisée si près d'Yport avait détourné les journalistes des crimes perpétrés en ville. On n'établissait pas de lien entre cet accident spectaculaire et les deux meurtres récents. Il y avait trop grande disproportion de masse entre des faits si différents.

Tous les jours depuis l'accident, des curieux essayaient d'atteindre le bout du plateau rocheux afin de mieux voir le paquebot. Les haut-parleurs des fêtes de la mer restés branchés leur crachouillaient désespérément des consignes de prudence.

Les trois hommes entrèrent dans l'hôtel au milieu d'une autre cacophonie de voix. Marigaux n'avait pas baissé le son du téléviseur. Les personnages de son feuilleton brésilien favori hurlaient à travers le hall. Les policiers n'entendirent pas ses premières paroles.

– ...tent ...mis...quiet... râce...

Au milieu de l'escalier, la conversation devint enfin audible.

– Alors, à l'hosto, ils lui ont fait un *ketch up* complet ? Je me faisais un sang d'encre, commissaire. Le bruit courait ici que vous étiez mort foudroyé l'autre nuit. En plein succès. Je disais : c'est pas possible avec la chance qu'il a. Je suis bien content d'avoir eu raison ! D'ailleurs, je n'ai pas touché à sa chambre...

Faidherbe souriait en hochant la tête, économe de ses mots et de ses gestes, concentré sur les marches à gravir, un exploit d'alpiniste dans son état de faiblesse.

Étrela rassembla à la place de son chef ses quelques affaires. Sur le seuil, le commissaire demanda à revoir la chambre de Grâce.

– Bien entendu, je n'ai rien touché ici non plus, précisa Marigaux en ouvrant. Avez-vous une idée de quand mademoiselle de Sainte-Bove reviendra récupérer ses effets ?

– Aucune. J'espérais qu'elle vous avait laissé un mot, un message pour moi ?

– J'y comprends rien ! s'exclama Marigaux avec sincérité. Elle est sortie en compagnie d'un beau brun que je n'avais jamais vu par ici ; j'ai pensé que c'était aussi un chanteur. Il avait l'air d'un ténor d'opéra, genre Don José de *Carmen*, beaucoup d'allure. J'ai cru qu'ils allaient dîner au casino à côté mais, on ne les y a pas vus. Don José devait avoir sa voiture sur le parking... Mademoiselle Grâce n'est pas revenue. Elle est partie sans même me dire au revoir et en abandonnant ses affaires... Ça ne lui ressemble pas...

Dans la chambre, tout était comme Faidherbe l'avait vu avant l'opération finale. Une odeur se superposait aux autres qu'il reconnut immédiatement : le parfum musqué de son ancien adjoint, Perchet, qu'il avait cru mort à Etretat. L'homme de la D.C.R.I. n'avait pas menti. Faidherbe ressentit une haine violente, attisée par la jalousie, contre cet homme encore jeune dont il avait sincèrement pleuré le décès comme on pleure celui d'un fils et qui pourtant l'avait dupé. C'est ce salaud-là justement qu'on avait choisi pour embarquer sa Grâce vers une destination inconnue. Perchet s'était peut-être même proposé. Le commandant fit quelques pas jusqu'à la fenêtre, qu'il ouvrit afin de respirer l'air marin. Forcément, il examina la plage, espérant y découvrir de nouveau la silhouette de sa Vénus anadyomène.

Marigaux foutinait dans la pièce. Il s'arrêta devant la porte de la salle de bains.

– Tiens, la plaque est abîmée, faudra la changer. C'est ennuyeux, j'en ai plus de celles-là. Il y a des clients qui me les piquent, croyez-vous !

C'était une de ces plaques de résine blanche que l'on fixe sur la porte et qui indiquent en lettres gothiques ou fantaisie « W.C. », « Toilettes » ou « Salle de bains ». Celle-ci portait en relief à gauche un vol de quatre mouettes, à droite un petit dauphin bleu au-dessus duquel un motif avait été arraché.

Étrela, embarrassé du désarroi de son patron, s'intéressa à la question pour se donner une contenance :

– Qu'est-ce qui est tombé ?

– Arraché, vous voulez dire, le reprit l'hôtelier. C'était un autre dauphin bleu, plus gros, la mère du petit en dessous. Il dépassait de la plaque. On serait dans la chambre d'une famille, je dirais qu'un gosse a voulu barboter un souvenir. Mais ici je comprends pas.

Le commissaire les dépassa, décidé à quitter définitivement la pièce. Déçu, agacé, il jeta à peine un coup d'œil au résultat de ce micro vandalisme hôtelier et laissa tomber :

– La première fois que je suis entré ici, la plaque était déjà dans cet état.

– Je vous demande pardon, rétorqua Marigaux, son honneur de garçon d'étage blessé, car il exerçait cette fonction aussi. J'ai livré sa chambre à mademoiselle de Sainte-Bove dans un état impeccab'.

En sortant, il ne cessait de répéter ce dernier mot, comme un mantra.

Puis les trois hommes redescendirent l'escalier silencieusement, chacun absorbé par ses pensées. Au comptoir, Faidherbe rendit sa clef. Anthelme Marigaux était ému.

– Monsieur le commissaire reviendra quand il voudra, il est comme qui dirait chez lui ici, j'aurai toujours une chambre impeccab' à sa disposition... ainsi que pour mademoiselle Grâce évidemment.

Faidherbe, l'esprit ailleurs, bredouilla de vagues mercis ; il regretta plus tard de n'avoir pas été assez chaleureux.

– A ce propos, continua Marigaux, qu'est-ce que je fais de ses affaires ? Je peux pas me permettre de bloquer une chambre indéfiniment. L'arrière-saison est très demandée aussi. Et puis on a le point de vue le meilleur sur le *Vassilissa...* D'ailleurs, j'ai une famille de Grecs naufragés qui m'ont demandé la chambre. Pour l'heure, ils campent sur la plage sous une tente prêtée par un concitoyen : après ça, qu'on nous traite encore de naufrageurs, c'est injuste ! Il s'est quand même jeté tout seul sur les rochers, ce rafiot !

– Vous avez bien une réserve, un débarras... Gardez les affaires de Mlle de Sainte-Bove là, à l'abri de la poussière, en attendant ses instructions, marmonna le policier.

– Je pensais qu'il les emporterait, vu que... mon commissaire, vous aviez... avec... enfin...

L'hôtelier ne sut plus finir sa phrase bêtement embarquée. Faidherbe ne releva pas. Il régla par chèque, chercha en vain un billet afin de donner un pourboire. Il tomba sur le deuxième billet de Millionnaire acheté au premier jour. Il en avait oublié l'existence. Il le tendit à Marigaux dont les yeux s'illuminèrent :

– Part à deux ? Je le gratte pour vous ?

– Part à deux, j'ai l'habitude, répondit amèrement le policier.

Le portier reprit derrière lui sur le tableau la clef que venait lui rendre Faidherbe avec laquelle il gratta le billet de loterie.

—Trois télés, monsieur le commissaire, trois télés ! C'est incroyab' comme vous portez chance. On va passer à la télé pour le gros lot !

– Vous irez sans moi.

– Ah, mais pas question, je n'irai pas sans lui, ça par exemple ! Passez-me prendre, on ira tourner la roulette et toucher les sous ensemble : j'ai pas de voiture !

– Moi non plus ! On réglera ça plus tard au téléphone, répondit Faidherbe.

Le commandant ne se sentait guère d'humeur à faire plaisir et encore moins le cœur de revenir à Yport sans Grâce. Marigaux fila annoncer leur bonne fortune à tout le personnel. On l'entendait crier de bonheur :

– À la télé ! à la télé !

Georges Faidherbe était attendu par Étrela au bas des escaliers, mais ne se décidait pas à partir définitivement. Avoir gagné probablement des dizaines de milliers d'euros ne lui faisait ni chaud ni froid. Il prit à gauche, vers le parking, s'accordant un dernier tour sur le front de mer. Le lieutenant, tout en pestant intérieurement, lui emboîta le pas, compréhensif quand même.

Ils se retrouvèrent au bar-tabac de la plage devant un verre de blanc. La radio diffusait *L'Omelette au pastis* des Fabulous Troubadours, déversant une ambiance artificiellement méridionale à une clientèle bigarrée de locaux et de touristes. Le patron avait bien vu la triste mine des deux hommes, il respecta leur silence. Au client accoudé au bar, par des œillades, mimiques et messes basses, il fit comprendre que c'était ce monsieur-là, le fameux commandant de police qui avait sauvé tant de gens d'un attentat. « Bon, il n'était pas à la barre du paquebot. On peut pas être partout à la fois, pas ? Mais ce bateau, en même temps... une sacrée aubaine pour le pays ! » Malgré ses

190

occupations derrière le bar, il jetait régulièrement un regard sur eux.

Faidherbe élucubrait des solutions impossibles en vue de récupérer la femme que la D.C.R.I. lui avait soustraite. Pourtant il savait très bien qu'aux yeux de Grâce, il n'avait été qu'une foucade de vacances. La jeune femme avait pimenté le service de Lorraine et le sien propre d'une aventure d'autant plus piquante qu'elle impliquait l'adversaire. Un mois plus tard, peut-être même avant, elle aurait sinon oublié le commandant, du moins elle l'aurait remplacé par un autre amant... Faidherbe en était tellement obsédé qu'il lui semblait voir Grâce nager et lui faire signe de la rejoindre dans les ondes du verre de blanc très ordinaire qu'il agitait comme s'il s'agissait d'un vieux Bordeaux à déguster.

Étrela qui s'ennuyait attrapa le Paris-Normandie du jour sur la table voisine. Après s'être un instant laissé absorber par les résultats des dernières courses à Deauville, il feuilletait négligemment le quotidien quand une dépêche attira son attention. Il la parcourut rapidement puis la glissa sous les yeux de son supérieur, l'index sur l'article.

– Je crois que vous avez ici la réponse à votre question, patron.

– Quelle question ? demanda Faidherbe, l'esprit à mille lieues de leur enquête.

– Ce que Grâce de Sainte-Bove a négocié auprès de Perrine pour le compte de Lorraine ! repartit le lieutenant avec le ton de qui énonce une évidence.

– Qu'est-ce que tu me chantes ?

Il attira à lui le journal, fixant son attention sur l'article qu'Étrela pointait du doigt : « *Bahamas : (De notre correspondant à Nassau, île de New Providence.) Grâce à des informations fournies par les services de renseignement français, l'U.S. Navy a pu récupérer dans un Marineland privé de l'île d'Inagua, six de ses dauphins souffleurs équipés de harnais et de pistolets à fléchettes somnifères, dressés à la chasse aux hommes-grenouilles terroristes. Les animaux marins, proprié-*

191

tés de la Navy, s'étaient échappés lors du passage du cyclone Katrina qui a dévasté leur centre d'entraînement en Louisiane.

Lors de l'intervention, les trafiquants s'apprêtaient à livrer les autres cétacés à des agents d'une puissance étrangère contre plusieurs millions de dollars, selon des sources autorisées. Les services de police de Nassau enquêtent sur la manière dont les malfaiteurs, des spécialistes du milieu marin, principalement des étrangers, ont pu repérer, capturer et maintenir en captivité, sans dommage, à l'insu des autorités, quelques-uns de ces dauphins tueurs. Une rumeur non démentie officiellement, prétend que le chef de cette mafia marine serait un richissime Français qui se ferait appeler Yannis Lorraine. Il n'était pas au nombre des gens interpellés sur place.

Plus inquiétant, il semblerait qu'un dauphin manque encore à l'appel. D'après les premiers éléments de l'enquête, il aurait été expédié avant les autres hors du territoire américain afin de servir de démonstration auprès d'éventuels acheteurs. On ignore où ce mammifère marin équipé pour tuer erre désormais, dans le Golfe du Mexique, parmi les eaux des Antilles ou peut-être ailleurs à travers le monde. La marine américaine reste très discrète à ce sujet.

Ces dauphins sont extrêmement dangereux. Une campagne d'information à l'adresse des nombreux pêcheurs ou touristes qui pratiquent la chasse sous-marine est en cours, des dépliants plastifiés seront mis à la disposition de tous les clubs privés de l'archipel. Ils sont prévus en quatre langues : anglais, créole, espagnol, français. Pour l'instant seule la version originale anglaise est prête. Nous avons pu prendre connaissance des principales recommandations traduites, dans l'urgence, par nos soins :

« Protégez-vous du dauphin tueur !

• Restez toujours à côté de vos enfants (Note du traducteur : les dauphins préfèrent les enfants) et plongez en groupes.

• Ne donnez jamais à manger à des dauphins armés.

192

• *Gardez à l'abri poissons, frites, jouets et montgolfières* (sic*). N'approchez pas, n'excitez pas des dauphins armés (Note du traducteur : spécialement les mâles pour les femmes, les femelles pour les hommes).*

• *Si un dauphin armé s'approche de vous, faites-lui face (Note du traducteur : avec un air dégagé, comme le conseillent les Consulats de France cf. infra) et battez en retraite avec un mouvement calme des palmes.*

• *Si le dauphin attaque, consolez-vous à la pensée qu'un ministre de la République tiendra à honorer vos obsèques de sa présence. (Note du traducteur : le texte de cette dernière recommandation est adapté, l'original étant indicible par un État laïc.)* »

De leur côté, les Consulats de France diffusent à l'attention des amateurs de plongée la consigne suivante :

« *Sous l'eau, n'ayez pas l'air de terroristes, particulièrement en présence d'un dauphin armé, gardez toujours un air dégagé.* »

Quand il eut achevé sa lecture, le commandant Georges Faidherbe repoussa le journal et finit cul sec son verre de blanc. Il regarda silencieusement en direction de la mer puis, sous l'inspiration d'une pensée géopolitique et amoureuse profondément désabusée, considéra de nouveau le journal :

– Tu vois, mon garçon, c'est ça la mondialisation. Un cyclone balaie l'Amérique, nous aussi nous ramassons les ordures à la pelle. Et ce n'est pas autrement qu'on laisse partir une perle comme Grâce à la poubelle.

L'auteur d'une réflexion catégorique s'attend d'ordinaire à une approbation. Faidherbe ne dérogeait pas à la règle. Comme rien ne venait, il leva la tête, presque vexé. Étrela, les yeux écarquillés, bouche bée, contemplait quelque chose derrière et au-dessus du commandant. Faidherbe se retourna.

A l'intérieur d'un cadre, Grâce, abritée du soleil par un parasol que tendait un homme derrière elle, sur la plage, souriante, marchait vers lui pour toujours. C'était l'œuvre baroque, la croûte sublime réalisée par Jim Narcissus Godett, portrait et autoportrait à la fois.

Le patron du café, qui les épiait depuis le début, s'était rapproché des deux hommes.

– Je savais que ça vous ferait plaisir, dit-il. Quand je l'ai vu, ce tableau, à l'expo du 15 août, j'ai pas pu résister. Je l'ai remporté aux enchères. Il m'a coûté un bras. Je l'adore. Je me demandais quand vous y feriez attention. Elle est belle n'est-ce pas ? Et vous n'avez pas tout vu.

Il se glissa derrière le policier, s'approcha du cadre et appuya délicatement sur la gorge de la jeune femme. D'une voix électronique, un peu nasillarde, la toile se mit à chanter :

- Allein, ! Weh, ganz allein ! Der vater fort,
hinabgescheucht in seine Kalten Klüfte...

Renversant. Le commandant et Étrela en restaient pantois. Mais le plus fort était encore à voir. Pendant qu'elle chantait la poitrine de la belle se soulevait tandis que le parasol s'agitait d'avant en arrière.

– Ça marche bien, n'est-ce pas ? Mais c'est fragile. Il ne faut pas en abuser si on veut que ça dure longtemps, commenta le bistrotier.

Le commandant promit. Le commandant jura. Chaque fois qu'il reviendrait, il n'abuserait pas, tout comme Picasso l'avait recommandé : « En peinture on peut tout essayer. On a le droit. Mais à condition de ne jamais recommencer. »

Il demanda son avis au lieutenant :

– Et en amour, tu penses que c'est pareil, toi ?

– L'amour... patron... c'est comme la marée, hein, ça va, ça vient.... « Je vais et je viens... » comme dit la chanson.

À cette profonde pensée, Faidherbe fit une nouvelle extrasystole, cette espèce de hoquet cardiaque qui parut un rot incongru à son adjoint. Le bistrotier fit alors bisser l'œuvre de Jim Narcissus Godett, « La naïade à l'ombrelle ».

– Haut les cœurs ! s'exclama-t-il alors qu'on ne lui demandait rien.

Les deux policiers se levèrent en silence, sidérés, sous le choc après ce qu'on pouvait considérer comme un attentat artistique répétitif. Ce fut Étrela qui reprit ses esprits le premier en ouvrant la porte au commandant :

– Patron, j'y pense : ne m'avez-vous pas dit que sur les vidéos Fésol avait vu des dauphins dans le dos de l'abbé Lecornuc ?

– Mais, bon sang, c'est bien sûr... Sacrebleu, serait-il possible que... ?

Soudain pris de vertige, Georges Faidherbe eut un étourdissement. Il s'appuya contre le chambranle de la porte.

– N'y pensez plus. Je vous reconduis chez vous, dit le lieutenant, en le soutenant avec beaucoup de prévenance.

– C'est ça, nous y repenserons demain... lui répondit la voix lasse de Faidherbe, je n'ai pas le cœur à faire rebondir l'enquête aujourd'hui. C'est trop...

Quand les deux policiers sortirent, derrière eux, du fond du bar, Shusheela Raman chantait Polnareff :

« Holidays, oh holidays, tant de ciel et tant de nuages... *Holidays... »*

ANNEXE

Voici le texte original en anglais des recommandations de prudence qui seront diffusées :

Be Killer Dolphin-Safe !

- *Always stay close to your children and dive in groups.*
- *Never feed armed dolphins.*
- *Store all fish and chips, toys and balloons securely.*
- *Do not approach or excite armed dolphins.*
- *If approached, face the armed dolphin and calmly swim back away.*
- *If attacked, just pry.*

NOTES

Comme le lecteur en est prévenu par l'avertissement, ce roman est une œuvre d'imagination. Toutefois l'auteur tient à citer certaines sources de son inspiration :

Le magazine départemental *Reflets* 76 n° 82 de mars 2003 s'est fait l'écho du repérage et de l'identification par les plongeurs du club Paul Eluard du Havre le 27 juin 2002 de l'épave du navire charbonnier *Niobé*, coulé par deux bombardiers allemands le 11 juin 1940 au large du Havre alors qu'il transportait un chargement de munitions et mille personnes. Seules onze personnes échappèrent à la mort. Toujours selon le magazine, l'emplacement de l'épave reste secret de crainte que ne soient pillés les diamants qu'elle contiendrait, s'il est vrai que des diamantaires néerlandais étaient au nombre des passagers.

On a pu lire dans le *Courrier international* n°792 bis du 5 au 11 janvier 2006, page 15, sous le titre « Flippant, le dauphin », la traduction d'un article de Mark Townsend, de *The Observer*, Londres. Le journaliste rapportait que trente-six dauphins souffleurs, équipés de harnais avec pistolets à fléchettes toxiques, dressés par l'U.S. Navy à tirer sur des terroristes qui prendraient pour cible des navires de guerre, s'étaient échappés de leur enclos, détruit par l'ouragan Katrina qui a dévasté la Louisiane où ils étaient parqués près du lac Ponchartrain, et se trouvaient en liberté dans le Golfe du Mexique.

Pour le dialecte si particulier d'Yport en usage naguère encore, Robert Vincent s'est appuyé sur le travail remarquable de Mme Michèle Schortz, *Spécificité du parler d'Yport*, juin 2002, consultable à l'adresse suivante :

http://yport.web.free.fr/parler_yport.pdf

Enfin, au moment de la signature du contrat de la première édition du présent roman[32], Robert Vincent tombe sur *Le*

---

32. Robert Vincent, *Yport épique*, éd. C. Corlet, 2008, ISBN : 978-2-84706-273-1 (épuisé).

Grand Bleu autrement, un article d'un supplément au *Courrier International* n°893 en date du 13 au 19 décembre 2007 qui présente *l'Underwater Sculpture Gallery* de Jason Taylor. Cet artiste et plongeur a réalisé au large de la Grenade ce que l'auteur, prodigieusement inspiré pour le coup, avait seulement rêvé avec le *Submarine art* du chapitre 7, sans avoir connaissance de cette œuvre. Celle-ci est visible sans se mouiller à l'adresse suivante : www.underwatersculpture.com

À quand une réalisation de cette nature dans la Manche, au large d'Yport par exemple ?

TABLE DES CHAPITRES

Du même auteur :

Aux éditions Charles Corlet :
Clou d'éclat à Étretat, 2007.
Yport épique, 2008.
Un Havre de paix éternelle, 2010.
Les Dames mortes, 2010.
La Mort monte en Seine, 2011.
Un Vélodrame en Normandie, 2012.

Aux éditions Ravet-Anceau :
La Main noire, 2013.
Satanic baby ! 2015.

Aux éditions Cogito :
Le Baiser du Canon, 2016, Prix Rouen Conquérant 2017.
Aux éditions des Falaises
Ici reposait... Meurtre au Monumental, 2019.

Aux éditions BoD :
Un Havre de paix éternelle, édition revue, illustrée par Martin Bafoil, 2017.
Clou d'éclat à Etretat, édition revue, illustrée par Martin Bafoil, 2018.
Christian Robert, *Renard et compagnie, fables du temps présent*, illustrées par Martin Bafoil, Rodolphe Guerra, Vincent Lissonnet et l'auteur, 2020.
Christian Martin, *Hathors et à travers, Histoire merveilleuse du prince Amon-Sourit et de la princesse syrienne* (texte de Christian Robert, illustrations de Martin Bafoil), 2021.

Chez Kindle edition :
Textes de Robert-Marc Olès, illustrations de Martin Bafoil :
La Baguette de Circé, nouvelle, kindle édition, 2016
Passages, nouvelle, kindle édition, 2016